NOCHE DE BODAS CON EL ENEMIGO
MELANIE MILBURNE

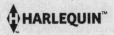

HARLEQUIN™

Editado por Harlequin Ibérica.
Una división de HarperCollins Ibérica, S.A.
Núñez de Balboa, 56
28001 Madrid

I.S.B.N.: 978-84-9170-581-9
Depósito legal: M-31091-2017
Impresión en CPI (Barcelona)
Fecha impresion para Argentina: 23.7.18
Distribuidor exclusivo para España: LOGISTA
Distribuidores para México: CODIPLYRSA y Despacho Flores
Distribuidores para Argentina: Interior, DGP, S.A. Alvarado 2118.
Cap. Fed./Buenos Aires y Gran Buenos Aires, VACCARO HNOS.

Capítulo 1

COMO de costumbre, Allegra Kallas no esperaba una alfombra roja ni una banda de música a su llegada a Santorini. Lo que sí esperaba era la indiferencia de su padre, el cortés, pero fingido, interés de él por su trabajo en Londres de abogada, y su expresión de decepción al recibir la noticia de que sí, seguía soltera. Un hecho que para un padre griego con una hija de treinta años era equiparable a una enfermedad sin cura.

Lo que le hizo preguntarse por qué había una botella de champán en un cubilete con hielo, con el escudo del apellido Kallas, y por qué era tan maravilloso tenerla en casa.

¿Maravilloso?

Para su padre, ella no tenía nada de maravilloso. Lo único que sí le parecía maravilloso era Elena, su joven esposa, solo dos años mayor que ella, y Nico, el hijo que acababan de tener. Ambos, Elena y Nico, no iban a llegar hasta por la tarde de Atenas, adonde habían ido para visitar a los padres de Elena. Y ya que el bautizo de Nico no iba a tener lugar hasta el día siguiente...

¿Para quién era la tercera copa?

Allegra, sospechando que algo tramaba su padre, dejó caer el bolso en el sofá más cercano.

—¿Qué pasa?

Su padre esbozó una sonrisa que no alcanzó sus ojos, lo que no era de extrañar, tenía la costumbre de hacer muecas de disgusto al mirarla.

—¿Es que un padre no puede alegrarse de ver a su hija?

¿Desde cuándo se alegraba de verla? ¿Y cuándo se había sentido ella querida en el seno familiar? Pero no era su intención abrir viejas heridas y menos ese fin de semana. Había ido por el bautizo; poco después, el lunes por la mañana, regresaría a Londres. Solo iba a pasar allí el fin de semana.

Allegra clavó los ojos en las tres copas de champán.

—¿Para quién es la tercera copa? ¿Esperas a alguien?

La expresión de su padre no se alteró, pero Allegra notó que algo le incomodaba. Su comportamiento era extraño, no solo por la desacostumbrada efusividad del recibimiento, sino también por el hecho de que se miraba el reloj constantemente y se tiraba de los puños de la camisa.

—Sí, la verdad es que espero a alguien. Llegará en un momento.

—¿Quién? —preguntó Allegra con aprensión.

Su padre dejó de sonreír y juntó sus espesas y canas cejas.

—Espero que no pongas las cosas difíciles. Draco Papandreou va...

—¿Draco va a venir aquí? —a Allegra le dio un vuelco el corazón—. ¿Por qué?

—Elena y yo le hemos pedido que sea el padrino de Nico.

Allegra parpadeó. Le había halagado que su padre y su esposa le hubieran pedido que fuera la madrina de su hijo, aunque había supuesto que había sido idea de Elena, no de su padre. Pero no se le había pasado por la cabeza que Draco fuese a ser el padrino, sino alguno de los amigos de su padre. Draco nunca había sido amigo de él, solo se habían tratado por cuestiones de negocios; en realidad, Draco había sido su rival. Los apellidos Papandreou y Kallas representaban dos poderosas corporaciones que, antaño, habían estado asociadas; sin embargo, con el transcurso de los años y la creciente competitividad, habían rivalizado.

Además, ella tenía asuntos pendientes con Draco. Cualquier encuentro con él sería un suplicio para ella. Cada vez que le veía, recordaba los tiempos de su adolescencia cuando había hecho todo lo posible por llamar la atención de Draco y el humillante momento en el que él había puesto punto final a la situación.

–¿Por qué demonios le has pedido que sea el padrino?

Su padre lanzó un profundo suspiro, agarró la copa de ouzo que se había servido y la vació de un trago.

–El negocio va mal. La crisis económica en Grecia nos ha hecho mucho daño. Más del que suponía, mucho más. Voy a perderlo todo si no acepto la generosa oferta que me ha hecho de fusionar las dos empresas.

–¿Draco Papandreou te... te va a ayudar? –preguntó con incredulidad.

La última vez que había visto a Draco había sido seis meses atrás en un club nocturno de Londres en el que había quedado con un amigo que la había dado plantón. De hecho, Draco lo había encontrado muy gracioso.

Odiaba a ese hombre por tener siempre... la razón. Cada vez que ella cometía un error Draco estaba ahí para presenciarlo. Después del vergonzoso coqueteo con él cuando tenía dieciséis años, había desviado la atención a otro joven de su círculo. Draco le había advertido que no se fiara de él, pero... ¿qué había hecho ella? Había ignorado la advertencia y había acabado con el corazón destrozado. Bueno, quizá no el corazón, pero sí su ego.

Después, a los dieciocho, Draco la había sorprendido bebiendo demasiado en una de las fiestas de su padre y le había amonestado por ello. Otro sermón que ella había ignorado y, en consecuencia, había acabado echando hasta el hígado.

Sí, le odiaba.

Incluso con el paso de los años, cada vez que se encontraban, Draco seguía tratándola como si fuera una adolescente, no una mujer adulta que trabajaba de abogada en Londres.

—Draco me ha ofrecido un trato —dijo su padre—, una fusión de nuestras empresas que solucionará mis problemas financieros.

Allegra lanzó un bufido.

—Demasiado bonito para ser verdad. ¿Qué es lo que quiere a cambio?

Su padre desvió la mirada antes de responder.

—Ha puesto algunas condiciones, que no he tenido más remedio que aceptar —contestó su padre por fin—. Tengo que pensar en mi mujer y en mi hijo recién nacido, se lo debo a Nico y a Elena. He hecho todo lo posible por contener a mis acreedores, pero mi situación ha llegado a un momento crítico. Draco es mi única salida; al menos, la única que estoy dispuesto a aceptar.

Las palabras de su padre le dolieron más de lo que quería admitir. ¿Cuándo se había sentido ella parte de la familia? Su hermano mayor, Dion, había tenido leucemia de pequeño; en aquellos tiempos, a los padres que se encontraban en esa situación se les animaba para que tuvieran algún hijo más por si eran compatibles y se podía realizar un trasplante de médula. No hacía falta decir que ella no había producido el resultado esperado. No habían sido compatibles. Dion había muerto antes de que ella cumpliera los dos años. No se acordaba de él, de lo que sí se acordaba era de criarse con niñeras porque su madre, trastornada por la muerte de su hermano, había acabado con depresión profunda. Y ella había acabado en un internado para no molestar a su madre.

Cuando Allegra tenía doce años, un día antes de ir a casa a pasar las vacaciones de verano, su madre «accidentalmente», había tomado una sobredosis de pastillas para dormir y había muerto. Nadie había empleado la palabra suicidio, pero eso era lo que ella pensaba que había ocurrido. Lo peor era pensar que nunca había sido lo suficientemente buena para su madre. En cuanto a su padre, él jamás había ocultado la desilusión que le había causado tener una hija en vez de su adorado Dion.

Pero ahora, su padre tenía otra esposa y, por fin, un hijo.

Allegra nunca había formado parte de la familia y ahora menos.

Allegra se dio la vuelta y vio la alta figura de Draco entrar en la estancia. Miró esos ojos de ónix y, al instante, una extraña sensación se alojó en su vientre. Siempre que le veía tenía la misma reacción: el pulso se le aceleraba, el corazón le latía con fuerza y apenas podía respirar.

Draco llevaba ropa deportiva: pantalones color tostado y camisa blanca. Iba con la camisa remangada, mostrando sus fuertes brazos. Cuando Draco Papandreou entraba en una habitación todas las cabezas se volvían para mirarle. Cada poro de ese cuerpo de un metro noventa de estatura exudaba atractivo sexual.

Allegra recurría al sarcasmo para ocultar lo que ese hombre la hacía sentir. Mejor eso que permitirle ver que todavía le deseaba.

—Draco, qué detalle por tu parte irrumpir en una celebración familiar. ¿Cómo es que no vienes acompañado de una de tus rubias teñidas?

Draco esbozó una cínica sonrisa.

—Esta vez, quien me va a acompañar eres tú, *ágape mou*. ¿Es que tu padre no te lo ha dicho todavía?

Allegra le dedicó una gélida mirada.

—Ni en sueños, Papandreou.

Los oscuros ojos de Draco brillaron, como si le excitara el hecho de que ella le rechazara. Ese era el problema de haber coqueteado con él de adolescente, Draco no le permitía olvidarlo.

—Tengo que hacerte una proposición –dijo él–. ¿Prefieres que esté tu padre presente o hablamos en privado?

—Me da igual porque rechazaré cualquier cosa que me propongas, sea lo que sea –respondió Allegra.

–Disculpad, creo que me está llamando uno de los sirvientes –dijo su padre. Y, al momento, salió de la estancia. Normal, dado que cada vez que Draco y ella estaban a solas la posibilidad de una explosión era real.

Draco la miró fijamente a los ojos.

–Al fin solos.

Allegra desvió la mirada, se acercó a la bandeja con las bebidas y se sirvió una copa de champán. No bebía mucho, pero en ese momento se veía capaz de beber la botella entera y luego estrellarla contra la pared.

¿Por qué estaba Draco allí? ¿Por qué iba a ayudar a su padre? ¿Qué podía tener eso que ver con ella? Las preguntas se agolparon en su cerebro. ¿El negocio de su padre corría peligro? ¿Cómo era eso posible? Era uno de los negocios más sólidamente establecidos en Grecia y llevaba operando durante varias generaciones. Otra gente de negocios admiraba a su padre por todo lo que había conseguido. ¿Cómo había llegado a esa situación crítica?

Allegra se volvió a Draco y le dedicó una dulce sonrisa.

–¿Puedo ofrecerte algo de beber? ¿Matarratas? ¿Nitrógeno líquido? ¿Cianuro?

La carcajada de Draco le provocó un hormigueo en el vientre.

–Dadas las circunstancias, me conformo con una copa de champán.

Allegra le sirvió una copa y se la dio, disgustada por el ligero temblor de su mano. Cuando Draco agarró la copa, sus dedos se rozaron. La corriente eléctrica le subió por el brazo y después se extendió por todo su cuerpo. Apartó la mano rápidamente y, al instante, se arrepintió de haberlo hecho. Draco tenía la maldita habilidad de interpretar a la perfección su lenguaje corporal.

Draco la desequilibraba. La hacía sentir cosas que no quería sentir. Y por mucho que tratara de evitarlo, no podía apartar los ojos de él. A lo largo de los años había conocido a hombres muy guapos, pero ninguno se podía comparar con él. Draco tenía el cabello negro azabache y una boca que no era solo sensual sino pecaminosamente esculpida. La sola idea de que esos labios se unieran con los suyos la dejaba sin aliento.

Y había ocurrido una vez.

Allegra agarró su copa de champán. Pero antes de llevársela a los labios, Draco alzó la suya para brindar.

—Por nosotros.

Allegra apartó su copa, antes de chocarla contra la de él, pero la brusquedad del movimiento hizo que derramara champán en su blusa de seda. El saturado líquido le empapó el pecho derecho, dentro de la copa de un sujetador de encaje. ¿Por qué se volvía tan torpe en presencia de él?

Draco le dio un pañuelo blanco para que se secara. Por supuesto, Draco llevaba encima un pañuelo limpio.

—¿Quieres que...?

Allegra le arrebató el pañuelo antes de que él pudiera acabar la frase; de ninguna manera iba a permitirle que le tocara el pecho, aunque fuera con un trozo de algodón doblado. Se secó el pecho y jamás seme-

jante acto le había parecido tan erótico. Lo mismo le
ocurría a su pecho, que le picaba y el pezón se le estaba irguiendo.

Allegra hizo una bola con el pañuelo y lo tiró encima de la mesa de centro.

–Haré que te lo laven y te lo devuelvan.

–Guárdalo como souvenir.

–El único souvenir que quiero de ti es que te vayas.

–La única forma de conseguir eso es si consigo este
asunto de la fusión de nuestras empresas.

–No me importa en absoluto esa fusión.

–Pues debería. Depende completamente de que tú
aceptes las condiciones del trato.

¿Condiciones? ¿Qué condiciones?

Allegra sacudió la cabeza y se echó la negra melena hacia atrás con gesto de indiferencia en un in-
tento por disimular su inquietud. No obstante, en vez
de indiferente, se sentía como un animal acorralado
bajo la intensa mirada de él.

Desde aquel beso años atrás, su relación siempre
había sido tensa, una constante lucha de voluntades.
Draco era su enemigo. El odio hacia él la ayudaba a
olvidar lo mucho que le deseaba. El odio la protegía
de su deseo por ese hombre.

–El negocio de mi padre no tiene nada que ver
conmigo. Soy completamente independiente, llevo
siéndolo desde hace unos diez años.

–Quizá económicamente independiente, pero eres
su hija. Pagó por tu excelente educación, te dio todo
lo que el dinero puede comprar. ¿No te importa que,
sin mi ayuda, vaya a perderlo todo?

Allegra deseó que no le importara, pero sí. Era su

tendón de Aquiles, su punto débil, esa necesidad de sentirse querida y valorada por su padre. Llevaba toda la vida así. A pesar de los defectos de su padre, ella, en cierta manera, seguía siendo una niña pequeña anhelando la aprobación de él. Terrible, pero cierto.

–No consigo entender qué tiene eso que ver conmigo. Lo digo en serio, no me importa el estado de los negocios de mi padre –sabía que lo que acababa de decir parecía frío, pero... ¿por qué iba a importarle lo que Draco pudiera pensar?

Draco se la quedó mirando en silencio unos instantes.

–No te creo. Sí te importa. Por eso vas a aceptar casarte conmigo con el fin de mantener a flote el negocio de tu padre.

Allegra se quedó perpleja. ¿Casarse con Draco? No, no debía haber oído bien.

Parpadeó y se echó a reír, pero fue una risa histérica.

–Si en serio crees que me casaría contigo debes ser mucho más ególatra de lo que pensaba.

La mirada de Draco, fija en ella, le produjo un hormigueo en el bajo vientre.

–Allegra, o te casas conmigo o vas a presenciar la lenta y dolorosa muerte del negocio de tu padre. De momento, solo consigue mantenerse a flote porque llevo un año pasándole dinero. Tu padre no está en posición de devolverme el préstamo ni siquiera perdonándole los intereses. En la situación económica actual, nadie va a prestarle dinero. Sin embargo, yo he encontrado una solución al problema. De esta manera, casándonos, todos ganamos; sobre todo, tú.

Allegra no podía creer la arrogancia de Draco. ¿En

serio pensaba que iba a acceder a una proposición tan descabellada? Le odiaba con todo su ser. La última persona con la que se casaría sería con él. Draco era un mujeriego que iba de mujer en mujer como abeja de flor en flor. Casarse con Draco sería un suicidio emocional aunque no le odiara.

–Eres increíble. ¿En qué planeta crees que yo tendría mucho que ganar casándome contigo?

–Llevas demasiados años encargándote de divorcios –comentó Draco–. Hay muchos matrimonios que funcionan. A nosotros nos podría pasar lo mismo. Tenemos mucho en común.

–Lo único que tenemos en común es que respiramos oxígeno –respondió ella–. No te soporto. Y aunque quisiera casarme jamás lo haría con alguien como tú. Eres la clase de hombre que espera que, al llegar a casa, la mujer le lleve la pipa y las zapatillas. Tú no quieres una esposa, sino una sirvienta.

La media sonrisa de él produjo un brillo travieso en sus ojos imposiblemente negros.

–Yo también te quiero, *glykia mou*.

–Escúchame bien: no voy a casarme contigo. Ni para salvar el negocio de mi padre ni por nada. No, no, no, no y no.

Draco bebió un sorbo de champán y después dejó la copa encima de la mesa de centro.

–Naturalmente, tendrás que ir y venir de Londres a mi casa por tu trabajo, pero podrás utilizar mi avión privado, siempre y cuando no tenga que utilizarlo yo.

Allegra cerró las manos en dos puños.

–¿Es que no me has oído? No voy a casarme contigo.

Draco se sentó en el sofá y, con las manos en la nuca, se recostó en el respaldo y cruzó las piernas.

–No tienes alternativa. Si no te casas conmigo, echarán la culpa a tu padre del derrumbe de la empresa. Es una buena empresa, pero mal dirigida últimamente. El gerente de negocios que contrató tu padre hace un par de años, cuando tuvo ese problema de salud, ha sido un desastre. Sin embargo, yo podría arreglar las cosas y hacer que el negocio volviera a dar beneficios. Tu padre seguiría siendo miembro de la junta directiva y obtendría parte de unos beneficios que, garantizado, supondría mucho más dinero que lo que lleva ganando desde hace décadas.

Allegra se mordió los labios. Su padre había pasado muy malos momentos debido a un cáncer. Ella había viajado constantemente para acompañarle durante las sesiones de quimioterapia y radioterapia; a pesar de ello, su padre no le había mostrado ningún reconocimiento. Pero... ¿casarse con Draco para evitar la ruina de su padre?

No obstante, su padre la necesitaba. Sí, realmente la necesitaba. Y, a regañadientes, admitió que hombres mucho peores que Draco podían haberle hecho esa proposición. Hombres con los que se enfrentaba en los tribunales. Hombres peligrosos, hombres que no respetaban a las mujeres y utilizaban a sus hijos para vengarse de ellas. Hombres que perseguían, amenazaban, maltrataban e incluso mataban para conseguir lo que querían.

Draco podía ser arrogante, pero no era mala persona. ¿Peligroso? Quizá para sus sentidos. Buena razón para no casarse con él.

–¿Por qué yo? –preguntó Allegra–. ¿Por qué quieres que sea tu esposa cuando podrías conseguir cualquier mujer que quisieras?

Draco la miró de arriba abajo, haciéndola temblar.

–Te deseo.

Esas palabras no deberían haberle producido un hormigueo en el bajo vientre. No era vanidosa, pero sí consciente de que se la consideraba atractiva al estilo clásico. Poseía el cutis blanco de su madre, típicamente inglés; ojos azules y era delgada. De su padre había heredado el cabello negro y el deseo de ambición profesional.

Pero Draco salía con modelos y bellezas jóvenes y seductoras. ¿Por qué iba a desear casarse con una mujer entregada a su trabajo, como ella; sobre todo, cuando no hacían más que discutir siempre que estaban juntos?

Llevaba años haciendo lo posible por disimular la atracción que sentía por Draco. Enamorarse de él sería su perdición. Las mujeres hacían muchas tonterías cuando se enamoraban y perdían la cabeza.

Ella no iba a ser una de esas mujeres, no iba a ser víctima de los juegos de poder de un hombre, no iba a encontrarse en una situación de vulnerabilidad.

–Mira, te agradezco el halago, pero no quiero casarme. Y ahora, si me disculpas, voy a ir a...

–La proposición es solo por hoy, se acabó. A partir de mañana pediré que se me devuelva mi dinero. Con intereses.

Allegra se pasó la lengua por unos labios repentinamente secos. La crisis económica en Grecia era muy seria; por su causa, muchas empresas habían quebrado. Aunque no se llevaba bien con su padre, no quería verle en la ruina y humillado públicamente; sobre todo, ahora que había vuelto a casarse y tenía otro hijo. Elena, aunque solo era dos años mayor que ella y no había imaginado que pudiera ser así, le caía bien. En muchos aspectos, se veía reflejada en Elena, que hacía grandes esfuerzos para ganarse el cariño y el respeto de los demás.

Pero si se casaba con Draco para salvar a su padre de la ruina se expondría a un peligro sensual innecesario. Llevaba años evitando a Draco. Después del humillante incidente a los dieciséis años, era la única forma de protegerse a sí misma. Pero, si se casaba con él, ¿cómo iba a poder evitarle?

—Este matrimonio que estás proponiendo... ¿qué pretendes conseguir con él?

Un brillo malicioso asomó a los ojos de Draco y los muslos le temblaron como si él se los hubiera acariciado. Solo con mirarla la excitaba, la hacía desearle con locura. Lo que más quería en el mundo era pasear las manos por ese cuerpo para ver si era tan viril como parecía. ¿Cuándo no le había deseado? Desde la adolescencia Draco había sido el hombre de sus sueños. Ningún otro había despertado en ella esa pasión.

—Una esposa que me desea. ¿Qué más puede querer un hombre?

Allegra mantuvo fría la expresión.

—Si lo que quieres es una esposa que te adorne, ¿por qué no te casas con una de esas atractivas aduladoras con las que sales?

—Porque quiero una mujer con un cerebro entre las orejas.

–Cualquier mujer con un mínimo de inteligencia se mantendría alejada de ti.

El insulto solo logró hacerle sonreír. Draco se estaba divirtiendo a su costa.

–Y si me dieras un heredero...

–¿Un qué? –preguntó ella en tono estridente–. ¿Esperas que entre tú y yo...?

–Ahora que lo dices... –Draco se levantó del sofá con la agilidad de un felino–. Un heredero y otro hijo de repuesto no estaría mal, ¿no te parece?

¿Hablaba en broma o en serio? Era difícil de adivinar.

–Me parece que se te olvida una cosa. Yo no quiero tener hijos. No estoy dispuesta a sacrificar mi carrera por una familia.

–Hay muchas mujeres que dicen eso; pero, en la mayoría de los casos, no es verdad. Lo dicen para no sentirse humilladas en caso de que nadie les proponga el matrimonio.

Allegra se quedó boquiabierta.

–¿Hablas en serio? ¿De qué árbol te has descolgado? Las mujeres no somos máquinas de reproducción. Tampoco estamos esperando a que un tipo nos ponga un anillo en el dedo y nos convierta en esclavas domésticas. Tenemos la misma ambición y las mismas necesidades que los hombres; a veces, incluso más.

–Lo de satisfacer las necesidades me parece muy bien. Otra cosa que tenemos en común, ¿no?

Cuando menos pensara en las necesidades... sexuales de Draco, mejor. Draco era un mujeriego. Iba de relación en relación como mariposa de flor en flor.

¿Por qué quería ahora convertirse en un hombre de familia? Draco solo tenía treinta y cuatro años, tres más que ella.

–¿No sé cómo ni por qué se te ha ocurrido proponerme esta farsa? ¿Ha sido idea de mi padre?

–No, la idea ha sido solo mía.

¿Suya? Allegra frunció en ceño.

–Pero si ni siquiera te caigo bien.

Draco se le acercó y se plantó delante de ella, su altura la hizo sentirse como un caballito de madera al lado de un semental. Aunque no la tocó, sintió todas y cada una de las células de su cuerpo gravitar hacia él. Alzó los ojos y, al clavarlos momentáneamente en los de Draco, se perdió en la profundidad de esos pozos oscuros rodeados de largas y espesas pestañas.

¿Por qué tenía que ser tan atractivo? ¿Por qué sus hormonas habían enloquecido?

Desvió la mirada a los labios de él, unos labios firmes y, a la vez, sensuales: el inferior, generoso; el superior, más fino, pero no cruel. Era una boca siempre al borde de una sonrisa, como si viera la vida más divertida que triste. ¿Había visto alguna vez una boca más apropiada para los besos?

–Podríamos pasarlo bien juntos, *agape mou*. Muy bien.

Allegra contuvo el estremecimiento que esas palabras le causaron. Y su voz profunda con ligero acento no dejaba nunca de producirle un gran placer.

Draco siempre le hablaba en inglés porque cada vez hablaba peor el griego a causa de llevar tantos años viviendo en Inglaterra. Lo entendía mejor que lo hablaba, cosa que no hacía con mucha fluidez. Siempre había hablado en inglés con su madre, nacida en Yorkshire, y suponía que, inconscientemente, había dejado de lado el idioma de su padre a modo de venganza.

–Mira, Draco, esto no tiene sentido, vamos a dejarlo. Hablar de matrimonio entre los dos es un absurdo. Yo no...

Draco tomó una de sus manos en la suya. Los dedos de él eran cálidos y secos, su fuerza le provocó en el estómago algo parecido a la caída de un libro de una estantería. Más bien docenas de libros de texto. ¿Cómo podía tener la mano tan sensible? Era como si todas las terminaciones nerviosas estuvieran a flor de piel, consciente de cada poro de las de él.

–¿Por qué te asusta tanto que me acerque a ti?

Allegra tragó saliva antes de contestar.

–No... no me asustas.

«Me asusto de mí misma. Me asusta lo que me haces sentir».

El pulgar de Draco comenzó a acariciarle el suyo, un ligero toque de brocha sobre un preciado lienzo que le provocó una explosión de sensaciones en todo el cuerpo. Los latidos del corazón se le aceleraron, como si le hubieran inyectado adrenalina. La razón la abandonó.

Draco la miró a los ojos como si estuviera gravando todos los rasgos de su rostro en la memoria: la forma de sus ojos, su nariz, sus mejillas, su boca y el pequeño lunar sobre el lado derecho del labio superior.

Allegra se humedeció los labios con la lengua y, tarde, se dio cuenta de que acababa de traicionarse a sí misma. Era como si su cuerpo actuara por voluntad propia. La fuerza de voluntad, el empeño por resistirse a él, superados por el deseo de tocarle y de dejarse tocar. Quería que Draco la besara hasta hacerla olvidarse de todo lo que no fueran esos firmes y viriles labios sobre los suyos.

«¿Qué haces?»

La alarma la hizo volver en sí. Le puso las manos en el pecho y le apartó de sí antes de dar un paso atrás.

—Ni se te ocurra, amigo.

Draco sonrió.

—Soy un hombre paciente. Cuanto más espere, mayor será la satisfacción.

Allegra tuvo la impresión de que habría mucha satisfacción si ella se entregara a la pasión. La clase de satisfacción que no había encontrado en previos encuentros. El sexo no era lo suyo; al menos, no lo había sido hasta la fecha. Conseguía darse placer a sí misma, pero no había conseguido tener un orgasmo con ningún hombre. No obstante, había conseguido disimularlo y engañar.

Pero sospechaba que Draco no se dejaría engañar.

Ni un segundo.

Allegra volvió a servirse champán más por hacer algo que por otra cosa, consciente de que Draco seguía todos y cada uno de sus movimientos con la mirada, como si la acariciara con los ojos. La piel le picaba y el deseo la retorcía por dentro.

—Creo que será mejor que olvidemos esta conversación. No quiero estropear el bautizo de Nico mañana.

–Lo que estropearía el bautizo es que te negaras a casarte conmigo para salvarle el pellejo a tu padre –dijo Draco–. No tienes opción, Allegra. Tu padre te necesita más que nunca.

Era más tentador de lo que se atrevía a admitir. No solo porque quizá consiguiera, por fin, el aprecio de su padre, sino porque no podía dejar de pensar en cómo se sentiría siendo la esposa de Draco, compartiendo su vida, su lujosa villa en una isla privada. Compartiendo su cuerpo, descubriendo el placer de la pasión. Sería convertir en realidad ese sueño de adolescente.

No obstante, ya no era una chiquilla.

Una idea le vino a la cabeza de repente. ¿Acaso su padre y Elena le habían pedido que fuera la madrina solo por el trato con Draco? ¿Se lo habrían pedido de no haber sido por la condición impuesta por Draco para la fusión de las empresas? ¿Por qué tenía ella que asociarse con su enemigo? Un hombre al que detestaba tanto como deseaba.

Allegra giró la copa y la dejó en la bandeja al lado de la botella de champán.

–Voy a hacerte una pregunta hipotética. Si me casara contigo, ¿cuánto tiempo esperarías que estuviéramos casados?

–El tiempo que yo quiera.

¿Y cuánto sería eso?, se preguntó Allegra volviéndose hacia la ventana dándose tiempo para pensar. El sol brillaba casi con violencia. La vista del intenso azul del mar Egeo en contraste con las blancas fachadas de las casas siempre le quitaba la respiración. Era una vista de postal; sobre todo, desde la lujosa villa de su padre en Oia, donde se veían unos atardeceres espectaculares.

Era su hogar y, al mismo tiempo, no lo era. Siempre, con un pie en Grecia y otro en Inglaterra, se había sentido desarraigada.

Si se casaba con Draco para salvar a su padre de la ruina, ¿qué haría una vez que el matrimonio llegara a su fin? Pocos divorcios eran amistosos; por lo general, una de las partes no estaba satisfecha con la ruptura. ¿Sería ese su caso? Y si Draco hablaba en serio respecto a lo de tener un heredero, ella se negaría a tener un hijo en el seno de un matrimonio sin garantías, sin la promesa de un compromiso a largo plazo.

Allegra se volvió de cara a Draco.

–Aún hablando hipotéticamente... ¿Qué pasaría con mi trabajo? ¿Esperarías que lo dejara?

–No, por supuesto que no –respondió él–. Los negocios también me llevan a Londres con frecuencia, como sabes, aunque paso la mayor parte del tiempo en Grecia. Creo que el hecho de que tengas tu trabajo, en vez de complicar las cosas, sería bueno para nuestro matrimonio.

–Pero... ¿esperarías que pasara la mayor parte del tiempo contigo? –preguntó Allegra como si fuera algo inaceptable.

–¿No es eso lo que hace la gente casada? –preguntó él en tono burlón.

Allegra le lanzó una significativa mirada.

–Quizá los casados que están enamorados. Pero ese no es nuestro caso.

Draco esbozó una sonrisa ladeada.

–Estás enamorada de mí desde la adolescencia.

Vamos, admítelo. Por eso es por lo que todavía no te has casado ni has salido con nadie en serio. Te resulta imposible encontrar un hombre que te guste tanto como yo.

Allegra fingió una carcajada.

–¿Lo dices en serio? ¿Eso es lo que piensas?

¿Qué había hecho para hacerle pensar que seguía siendo una adolescente encaprichada con él? Era una mujer adulta y le odiaba. Le odiaba, le odiaba y le odiaba.

–¿Cuánto hace que no te acuestas con un hombre? –le preguntó Draco.

Allegra cruzó los brazos y apretó los labios, parecía una profesora delante de un niño impertinente.

–No voy a darte explicaciones respecto a mi vida sexual. No es asunto tuyo con quien me acuesto.

–Lo será una vez que estemos casados. Espero fidelidad.

Allegra descruzó los brazos y se llevó las manos a las caderas.

–¿Y tú? ¿Vas a ser fiel o tendré que hacerme la tonta respecto a tus infidelidades, como hacía mi madre con mi padre?

La expresión de Draco endureció.

–Yo no soy tu padre, Allegra. Me tomo muy en serio la institución del matrimonio.

–¿Te parece serio querer casarte con una mujer a la que no amas, y durante un corto periodo de tiempo, solo por adquirir una empresa? –Allegra lanzó un bufido–. No me hagas reír. Sé por qué quieres casarte conmigo, Draco. Lo que quieres es una «mujer trofeo». Una mujer que sepa utilizar los distintos cubiertos en una cena de gala, una mujer que puedas llevar contigo sin miedo a dejarte en ridículo. Y una vez que hayas conseguido que te dé un heredero, me echarás a patadas y te quedarás con la criatura. No, no voy a prestarme a ese juego. Búscate a otra.

Pasó por delante de Draco para salir de la sala, pero él le agarró la muñeca, tiró de ella y la obligó a darle la cara. Los dedos de Draco le quemaron la piel, pero no le dolió, fue una sensación de calor que le recorrió todo el cuerpo y se agolpó en su entrepierna. Desde el beso, Draco casi nunca la había tocado, solo accidentalmente. Al entrar en contacto con él fue como si un rayo la hubiera traspasado.

Draco comenzó a acariciarle con el pulgar mientras la aprisionaba con su mirada.

–Lo del heredero era una broma –dijo él–. Pero piénsalo bien, Allegra. Estoy buscando una esposa y tú eres perfecta para asumir ese papel. Además, es una oportunidad para que, por fin, tu padre se fije en ti. No solo lo ayudarás a él, también a Elena y a Nico. Si el negocio de tu padre se hunde, ellos sufrirán las consecuencias igualmente.

Draco había tocado otro punto débil: Elena y Nico. Ellos no tenían culpa de nada y su futuro se vería comprometido si ella no hacía nada. Por su parte, podía prestar algo de dinero a su padre, pero no los millones que necesitaba. Muchos millones. Le iba bien económicamente, pero no tanto como para salvar de la ruina a una empresa multimillonaria. ¿Cómo iba a darle la espalda a su padre cuando era la única persona que podía ayudarlo? Si su padre se arruinaba, Elena y el pequeño Nico serían daños colaterales. No podía permitir que eso ocurriera; sobre todo, teniendo en cuenta que podía evitarlo. Tendría que casarse con Draco.

—Parece que no tengo alternativa.

Draco le alzó la barbilla y sus miradas se fundieron.

—No te arrepentirás. Te lo garantizo.

«¿Eso crees?»

Allegra le apartó la mano de su barbilla y dio un paso atrás.

—Solo voy a hacer esto por ayudar a mi familia. ¿Te queda claro?

Un brillo triunfal asomó a los ojos de Draco, ahora fijos en su boca.

—Por supuesto.

Disimuladamente, Allegra tragó saliva e hizo un esfuerzo por ignorar la forma como Draco contemplaba sus labios.

—¿Cuándo quieres que se celebre la boda?

—Me he tomado la libertad de iniciar los preparativos. Nos casaremos la semana que viene. Habría preferido esta misma semana, pero no quería interferir con el bautizo de Nico.

Alarmada, Allegra agrandó los ojos.

—¿Tan pronto?

—Sé que es algo precipitado, pero será una boda sencilla. Invitaremos solo a los amigos íntimos.

—¿No se te ha ocurrido pensar que yo pudiera querer otro tipo de boda?

—¿Eso es lo que quieres?

Allegra lanzó un suspiro y desvió la mirada.

—No...

–Ya verás lo que se puede conseguir en poco tiempo si se tiene dinero. Y si quieres ir de blanco, con vestido de novia, así irás.

Ella nunca había soñado con tener una boda de cuento de hadas. En realidad, casi nunca había pensado en el matrimonio, su carrera había sido siempre lo más importante. Normalmente, no miraba los escaparates con vestidos de novia ni tampoco las joyerías. Sin embargo, desde la boda de una amiga suya dos meses atrás, se había preguntado en varias ocasiones qué se sentiría al ser la novia en una boda. Por supuesto, no era más que un sueño que, con toda probabilidad, acabaría mal. Lo veía todos los días de su vida profesional.

–Nos casaremos en mi isla –dijo Draco–. Allí será más fácil evitar a los periodistas.

Allegra nunca había estado en la isla privada de Draco, pero había visto fotos. Draco tenía una villa en Oia, un piso en Atenas y casas en Kefalonia y Mikonos. Pero su isla tenía unos jardines extraordinarios y una piscina infinita al borde de un vertiginoso acantilado. Sería un lugar espectacular para una boda.

Y el lugar perfecto para una luna de miel.

«Ni se te ocurra pensar en la luna de miel».

–¿No te preocupa lo que puedan opinar los medios de comunicación sobre nuestra boda? –preguntó Allegra.

Draco se encogió de hombros.

–No. Estoy acostumbrado a sus suposiciones respecto a mi vida privada. La mayoría de las veces se inventan las cosas.

No todo eran invenciones. Había visto suficientes

fotos de él acompañado de hermosas mujeres como para saber que no llevaba la vida de un monje. Ni mucho menos. A Draco se le consideraba el soltero más codiciado de Grecia. Las mujeres se peleaban entre ellas para conseguir una cita con él. ¿Qué dirían cuando se enteraran de que ella, una mujer soltera y profesional, iba a casarse con Draco?

Era como para dar risa.

—Por supuesto, tendrás que tomarte una semana de vacaciones –dijo él–. Pasaremos una corta luna de miel en mi yate.

El corazón le dio un vuelco.

—Eh, espera un momento... ¿por qué vamos a pasar una luna de miel?

Un brillo extraño asomó a los ojos de Draco. Era un brillo oscuro, sensual y travieso.

—Si necesitas que te lo explique, *ágape mou*, es porque has debido llevar una vida mucho más austera de lo que yo creía.

Allegra cruzó los brazos. ¿Una luna de miel? ¿En el yate de Draco? Aunque fuera un yate grande, no sería lo suficientemente grande para que ella se sintiera a salvo. A salvo de su propio deseo. Ni siquiera en un trasatlántico se sentiría segura.

—Mira, he accedido a casarme contigo por mi padre, pero no voy a acostarme contigo. Es un matrimonio de conveniencia, un matrimonio solo de nombre.

Draco se acercó adonde ella estaba, de espaldas a una pared, lo que no le ofrecía ningún escape. Con él tan cerca, no pudo descruzar los brazos y apartarle de un empujón. Y respiró su aroma, a lima, a cedro y a algo propio. Se sintió embriagada, mareada.

Draco le acarició la cabeza y enterró los dedos en sus cabellos.

–¿Cuánto tiempo crees tú que va a durar nuestro matrimonio solo de nombre? –preguntó Draco con voz ronca mientras continuaba acariciándola–. Te deseo y voy a poseerte.

Allegra no podía apartar los ojos de la boca de él. La barba incipiente la hizo desear sentir esos labios sobre los suyos.

«Bésame. Bésame. Bésame».

Pero no quería ser ella quien diera el primer paso, como había hecho todos esos años atrás para acabar siendo rechazada. Ya no era una adolescente. Dar el primer paso conferiría demasiado poder a Draco. Podía resistir. Sí, podía, podía, podía...

Como si Draco le hubiera leído el pensamiento, le acarició los labios con la yema de un dedo.

–Tienes una boca preciosa, pero no sé si vas a besarme o a morderme.

Allegra alzó la barbilla.

–¿Quieres probar?

Draco sonrió.

–Quizá en otro momento.

Capítulo 2

DRACO agarró su copa de champán porque, a menos que tuviera algo en las manos, sabía que ambos podrían acabar saltándose algunos pasos. Iba a esperar. Podía esperar. Allegra estaba empeñada en mantener la relación formal, pero él sabía que se rajaría antes de que la tinta de sus firmas en el certificado de matrimonio se secara.

Sabía que él le gustaba a Allegra. Le gustaba desde la adolescencia, algo que a él le había divertido e irritado por igual. Por aquel entonces, había sido algo cruel con ella, pero no había querido tener nada que ver con una adolescente; sobre todo, al poco de romper con la mujer con la que había creído que iba a casarse. Todos esos años atrás, Allegra se había creído enamorada de él, y a él no le había quedado más remedio que ponerla en su sitio.

Pero ahora ella era una mujer, una mujer hermosa en el momento álgido de su vida.

Y la deseaba.

Desde su encuentro en Londres, Draco se había dado cuenta de que Allegra sería la mujer perfecta para él. Y después de que Cosimo Kallas acudiera a él para pedirle ayuda, había aprovechado la oportunidad y le había ofrecido ayuda económica a cambio de ca-

sarse con ella. Además, había otros acreedores de Cosimo Kallas persiguiéndole y que no dudarían en ir a
por Allegra. No podía permitir que la obligaran a
acostarse con ellos a modo de pago por deudas que él
podía cubrir sin pestañear. ¿Dónde podría acabar
Allegra? Su padre se había enemistado con mucha
gente con la que había hecho negocios. Él no estaba
dispuesto a permitir que le pasara nada a Allegra por
culpa de la estupidez de su padre.

Allegra era una mujer con clase. Era una mujer de
buena educación y medio griega. Y, con esos aires de
mujer intocable, era absolutamente preciosa. No estaría fuera de lugar en un desfile de modelos ni en una
película de época de Hollywood. Con su cuerpo delgado, caminaba como una bailarina. La melena negra
le llegaba casi a la cintura; cuando se movía, esa cortina oscura se movía con ella. No podía dejar de imaginar ese cabello desparramado por su pecho, las largas y delgadas piernas de Allegra entrelazadas con las
suyas.

Draco se estremeció. La deseaba. La deseaba con
locura. Le hervía la sangre con solo mirarla. Después
de aquel beso cuando ella era adolescente, casi nunca
había vuelto a tocarla, siempre había mantenido con
ella una respetuosa distancia. Le había dejado claro,
todos esos años atrás, que no estaba interesado.

Pero ahora era diferente.

Su matrimonio no iba a durar toda la vida, solo lo
suficiente para cerrar un negocio y conseguir desha-
cerse de esa obsesión que tenía con ella. No tenía
nada en contra de los matrimonios a largo plazo, pero
no se veía a sí mismo comprometiéndose a ese nivel.

Había bromeado con ella respecto a tener hijos solo con el fin de sondearla, no sería justo obligarla a estar casada, aunque fuera por poco tiempo, si ella deseaba tener hijos. Por suerte, Allegra no estaba interesada en procrear, y eso era una de las cosas que él no quería en su matrimonio. Dada su infancia, no creía poder llegar a ser un hombre de familia.

Tenía seis años cuando su madre murió de peritonitis y él y su padre hicieron equipo para sobrevivir en un mundo que ignoraba a la gente desesperadamente pobre. Recordaba claramente un día que caminaba con su padre, pescadero de profesión, por delante de las oficinas centrales de las empresas Kallas, un mes antes del fallecimiento de su padre. Este había alzado la mirada al edificio y entonces le había animado a tener grandes aspiraciones, a convertirse en alguien importante con el fin de no tener que luchar día a día como le había ocurrido a él. Cuatro semanas más tarde su padre había muerto en un accidente de barco y él se había visto en la necesidad de valerse por sí mismo.

Pero las palabras de su padre se le habían grabado en la mente, le habían motivado. Con esfuerzo, trabajando y estudiando al mismo tiempo, había salido de la pobreza. A los diecinueve años, era socio de un negocio que, al final, tras la jubilación de su socio, se había quedado él. A partir de ahí, había ido progresando e incorporando otras empresas a las que ya tenía. Era un hombre que se había hecho a sí mismo y estaba orgulloso de ello.

Sabía que ahora era un soltero codiciado.

¿Y qué mejor esposa para él que Allegra Kallas, la

hija del propietario del negocio en el que su padre se había fijado aquel día? La adquisición de esa empresa sería el símbolo de su éxito, el símbolo de la consecución de los sueños y esperanzas de su padre respecto a él. Con la adquisición de esa empresa haría honor a la memoria de su padre.

Draco miró a Allegra, que bebía champán sentada en uno de los sofás de cuero. Tenía las piernas cruzadas y movía un tobillo arriba y abajo. Había adoptado esa expresión tan suya de fría indiferencia, algo que, en secreto, le excitaba.

Había querido besarla, naturalmente. ¿Qué hombre no querría besar esa lasciva boca? Años atrás había probado esos dulces y ardientes labios; ahora, estaba deseando volver a besarlos. Pero sabía que si se precipitaba cambiaría el equilibrio de poder. Quería que el dedo de ella luciera su anillo. La quería loca de pasión. La quería suplicante. Quería que reconociera lo mucho que le deseaba. Porque Allegra le deseaba.

A través del espacio que les separaba, Draco la miró a los ojos. Ella arqueó una ceja perfecta.

—¿Otra copa para celebrar nuestro compromiso matrimonial, *ágape mou*? —dijo él.

—No me llames eso —respondió Allegra apretando los labios—. Sabes que no lo dices en serio.

Draco se apartó de la ventana en la que había estado apoyado.

—Vas a tener que acostumbrarte a que demos la imagen de la pareja perfecta en público, aunque en privado me tires los platos a la cabeza.

Allegra alzó la barbilla con gesto desafiante.

—Sabes que nadie va a creer eso. Se sabe que nos

odiamos el uno al otro –sus mejillas enrojecieron–. Sobre todo, después de aquella noche de diciembre en Londres.

El recuerdo le hizo sonreír. No había sido la primera vez que se había sentido atraído por ella.

–Sí, me acuerdo perfectamente. No fue uno de tus mejores momentos, ¿verdad? Yo solo trataba de ayudarte, ¿y qué pasó? Que me tiraste una copa de vino encima. No te comportaste como una adulta.

La vio apretar la mandíbula.

–Me provocaste. Además, tuviste suerte de que solo te tirara la copa de vino, podría haberla roto y haberte cortado la garganta con el vidrio.

Draco sacudió la cabeza como si estuviera delante de una niña desobediente que le decepcionaba constantemente.

–Me parece que voy a tener que enseñarte buenos modales. Puede incluso que me divierta hacerlo.

Allegra se levantó del sofá bruscamente y le lanzó una mirada asesina.

–Te crees muy listo por haber conseguido que acepte casarme contigo, pero te vas a enterar. No voy a permitir que me des órdenes ni que me trates como a una niña. Y no me voy a acostar contigo. ¿Me has entendido?

A Draco le encantaba Allegra cuando se enfadaba con él; por lo general, Allegra tenía sangre fría y sabía controlarse. Pero con él revelaba una pasión que no mostraba con los demás; con él era animada, colérica y respondona. Le divertían sus discusiones. Pocas mujeres le desafiaban como hacía Allegra. Le gustaba que tuviera genio, que no le asustara enfrentarse a él.

También le gustaría sentir esos maravillosos labios contra los suyos, pero todo a su tiempo.

—Entiendo que te dé un poco de miedo el sexo, pero te aseguro que a mí se me da muy bien.

Las mejillas de ella enrojecieron al instante.

—El sexo no me da miedo, es algo que practico constantemente. Lo que pasa es que no me apetece acostarme contigo.

Le encantaría hacerla comerse esas palabras, pero todo llegaría. Deseaba la lengua de ella por todo su cuerpo. La deseaba. La deseaba hasta casi sentir dolor. Llevaba demasiado tiempo sin tener relaciones, meses. El trabajo y la situación financiera de Cosimo Kallas le habían tenido demasiado ocupado.

Pero ahora estaba libre y dispuesto.

Tan dispuesto que apenas podía contener las ganas de acariciar esas estrechas caderas y estrechar a esa mujer contra sí para que se diera cuenta de lo dispuesto que estaba.

—Para empezar, compartirás mi cama aunque no compartas mi cuerpo. No voy a permitir que los empleados en mi casa se rían a mis espaldas de mi ineptitud para consumar el matrimonio.

Allegra le lanzó una mirada colérica.

—Como se te ocurra ponerme un dedo encima los gritos que voy a dar se oirán en Albania.

Draco esbozó una sonrisa indolente.

—Ya lo creo que vas a gritar, *glykia mou*. Eso te lo garantizo. Y no serás la primera, la mayoría de las mujeres que se acuestan conmigo lo hacen.

Allegra apretó los labios y cerró las manos en dos puños. El cuerpo le temblaba visiblemente.

–Me sorprende que quieras esperar a que estemos casados. ¿Por qué no me tiras al suelo ya y te aprovechas de mí?

–Por muy tentador que sea, soy un hombre civilizado.

La cáustica mirada de ella le demostró lo civilizado que le consideraba. Después, Allegra se parapetó detrás del sofá, como si aquella pieza de mobiliario fuera un escudo.

–Supongo que con eso pretendes incrementar mi tortura.

–La clase de tortura que tengo pensada nos procurará placer a ambos.

Allegra se sacudió el cabello con gesto altanero. Aquella sedosa melena siempre le había fascinado, era como una cortina de seda.

–Me resulta difícil comprender por qué quieres acostarte con una mujer que te detesta –añadió Allegra.

–Tú no me detestas, Allegra. Lo que te pasa es que no soportas no poder manipularme. Necesitas un hombre fuerte, un hombre que te permita expresar esa naturaleza apasionada que te empeñas en contener en todo momento. Yo soy ese hombre.

Allegra lanzó una irónica carcajada.

–Por si no lo sabías, las mujeres nos emancipamos el siglo pasado. ¿Tan ocupado estabas cazando mamuts que no te enteraste?

La contestación provocó más pulsaciones en su entrepierna. Una de las características de Allegra era su rápida respuesta a cualquier provocación, otro de los motivos por los que la consideraba la perfecta candidata para ser su esposa. No le gustaban las mujeres dóciles. No quería una mujer que no se atreviera a discutir con él y a llevarle la contraria.

La deseaba.

Era así de sencillo. Después de verla en Londres había perdido el interés por las demás mujeres. Cada encuentro con Allegra, cada conversación, estaba llena de sorpresas. Allegra le estimulaba física e intelectualmente.

Draco se metió la mano en el bolsillo y sacó la caja con el anillo que había llevado allí.

–Por cierto, tengo algo para ti. Si no te queda bien, haré que lo ajusten a tu tamaño.

Allegra aceptó la caja y la abrió con cuidado, como si tuviera miedo de que lo que hubiera dentro pudiera morderla. Pero, al abrir la caja, contuvo la respiración y tomó el anillo con un brillante casi con reverencia.

–Es precioso –los ojos azules de Allegra mostraron una incertidumbre que a él le resultó extrañamente enternecedora–. Debe haberte costado mucho.

Draco encogió los hombros.

–Es solo un anillo.

Allegra deslizó el anillo por el dedo.

–Es de mi tamaño.

–Debe ser un presagio.

–Te lo devolveré cuando nos divorciemos –dijo ella mirándolo a los ojos.

Draco no quería hacerla pensar que se había involucrado emocionalmente en la elección del anillo. Eso ya lo había hecho una vez y había sido el mayor error de su vida.

–No, quédatelo. No creo que a cualquier otra esposa que pudiera tener le gustaría llevar un anillo de segunda mano.

Allegra abrió la boca, pero no fue capaz de contestar. Después, clavó los ojos en el anillo que tenía en el dedo antes de mirarlo a él.

–¿Cómo puedo saber que no vas a tener amantes mientras estemos casados? Te has pasado la vida de amante en amante. Los hombres como tú se aburren con solo una mujer.

En esos momentos, Draco no podía imaginar aburrirse nunca de ella, pero eso no significaba que fuera a proponer una relación a largo plazo. Las relaciones a largo plazo eran para los enamorados, y ese no era su caso. No iba a volver a caer en la misma trampa. La deseaba, pero eso era todo.

–Cuando me aburra te lo diré. Nos divorciaremos antes de que ninguno de los dos pueda sufrir.

–¿Y si me aburro yo de ti antes que tú de mí? –preguntó ella–. Las mujeres tenemos derecho a elegir marido. Si tuviera que elegir uno, tú serías el último con quien me casaría. El último.

Sonriendo por el insulto, se acercó a la puerta.

–Será mejor que demos la buena nueva a tu padre. Pero antes, será mejor que te advierta que, excepto tu padre, nadie, absolutamente nadie, debe saber que no nos casamos por amor. No quiero ni pensar en lo que dirían los medios de comunicación.

Más tarde, Allegra no supo cómo había logrado sobrevivir el resto de la tarde, con su padre y Draco charlando animadamente durante la cena como dos buenos amigos que acababan de cerrar un trato ventajoso para ambos. ¡Y ella era el objeto del trato! ¿Cómo era posible? ¡Iba a casarse con su enemigo! Y todo había ocurrido a la velocidad del rayo. No había dejado de recibir mensajes por el móvil debido a que Draco se había tomado la libertad de anunciar su compromiso matrimonial públicamente. Todas las plataformas de los medios de comunicación hablaban de ello. Estaba muy disgustada ya que había quedado mal con sus amigos y sus compañeros de trabajo por, supuestamente, mantener su relación con Draco en secreto.

Sin embargo, cuando su secretaria y mejor amiga, Emily Seymour, le envió un mensaje preguntándole si se trataba de una broma, Allegra no pudo mentirle:

No es una broma, pero no es lo que parece. Ya te lo explicaré. Ahora no puedo hablar.

A lo que Emily respondió:

¡No aguanto las ganas de saber qué pasa! De todos modos, sabía que te gustaba. ¡Es guapísimo!

Allegra apagó el móvil para evitar más comentarios. No sabía cómo Emily estaba enterada de que Draco siempre le había atraído. Por otra parte, Emily era bastante romántica. ¿Qué había dejado escapar ella?

—Bueno, creo que os voy a dejar para que charléis tranquilos. Me voy a la cama —dijo su padre levantándose de la mesa. Entonces, se detuvo al lado de ella y le puso las manos sobre los hombros–. Sé que serás feliz con Draco. Es justo el hombre que necesitas.

Se le ocurrieron cientos de contestaciones, pero al final guardó silencio. Su padre le dio unas palmadas en el hombro, igual que si fuera un perro del que no se fiaba del todo. Después, su padre salió del comedor y cerró la puerta sigilosamente.

Draco agitó su copa de coñac mientras la miraba fijamente a los ojos.

—Me alegra que mi futuro suegro me aprecie tanto.

Allegra agarró su copa de vino devolviéndole la mirada.

—Es una pena que no te ocurra lo mismo conmigo. Pero eso a ti no te importa, ¿verdad? ¿No será que, aunque lo niegues, estás enamorado de mí?

De repente, con ensombrecida expresión, Draco dejó la copa bruscamente.

—No me creo capaz de enamorarme, soy demasiado práctico para eso. Pero, por si te sirve de consuelo, te aprecio y te cuidaré.

Allegra lanzó una carcajada.

—La gente cuida las plantas. Me alegra saber que, de vez en cuando, me regarás y me echarás fertilizante.

La sonrisa ladeada de él fue acompañada de un brillo malicioso en los ojos.

—Cuando necesites fertilizante, avísame.

Allegra le lanzó una mirada asesina, a pesar de que las pulsaciones en su sexo le dificultaban permanecer quieta en la silla. Nunca había pensado en tener hijos. Era una mujer dedicada a su profesión, no una madre tierra. Sin embargo, de repente, se imaginó a sí misma

embarazada. El ADN de Draco y el suyo incorpora-
dos en un niño de ojos y cabello oscuros. Imaginó
también a Draco con su hijo en los brazos, acunán-
dolo, y los ojos fijos en los de ella con expresión sumamente tierna.

Mentalmente, sacudió la cabeza.

—¿Quieres decir que nunca has estado enamorado?
Aparte de enamorado de ti mismo, por supuesto.

Draco lanzó una queda carcajada y apoyó un brazo
en el respaldo de la silla contigua.

—No estoy en contra de un poco de amor de vez en
cuando. ¿Y tú?

Allegra no iba a darle detalles sobre su vida sexual; últimamente, limitada a darse placer a sí misma.

—Tuve un novio del que creía estar enamorada,
pero los dos sabemos cómo acabó —había sido culpa
de Draco. Maldito Draco.

—¿Te acostaste con él?

—Sí —respondió ella sin querer.

—¿Y?

Allegra le lanzó una mirada incrédula.

—¿Crees que voy a intercambiar opiniones contigo
sobre nuestras vidas sexuales? Tú tuviste la culpa de
que resultara ser un desas... —cerró la boca, furiosa
consigo mismo por haber revelado más de la cuenta.

—Sexo consentido, ¿no? —dijo él con cierta nota de
preocupación en la voz.

—Sí.

Draco frunció el ceño y, en la silla, se inclinó hacia
delante.

—¿Por qué fue un desastre? ¿Era eso lo que ibas a
decir?

–Tenía ganas de dejar de ser virgen y me pareció la persona idónea –Allegra hizo una mueca–. Es evidente que estas cosas son más fáciles para los hombres, no tenéis problemas para pasarlo bien.

–La biología no es justa –comentó Draco–. Sobre todo, en lo que se refiere a las mujeres.

Se hizo un pequeño silencio.

–Pero tenías razón respecto a él –reconoció Allegra–, era un desgraciado. Les contó a todos sus amigos que yo le había decepcionado en la cama. Ni qué decir tiene que yo lo pasé fatal.

¿Por qué le estaba contando todo aquello? Emily era la única persona con la que se había sincerado.

–Sin duda, lo hizo para no tener que enfrentarse a su propia ineptitud –dijo él–. Debería haber considerado una prioridad darte placer a ti. Esa es la regla dorada de un hombre decente.

Allegra estaba segura de que ninguna de las amantes de Draco se quejaba nunca de su habilidad en la cama. Solo de imaginar a Draco acariciándola la excitaba. Pero... ¿por qué estaba hablando de esas cosas con él? Si continuaba por ese camino, Draco se daría cuenta de que, prácticamente, era una monja.

–¿Te apetece salir a la terraza? –preguntó él como si hubiera notado lo incómoda que se sentía.

–Cuando estoy en Londres echo mucho de menos esto –dijo Allegra cuando estaban ya fuera mirando un mar en el que se reflejaba la luna–. Pero cuando estoy aquí echo de menos muchas cosas de Londres.

El hombro de Draco le rozó el brazo desnudo, la mano de él a apenas unos milímetros de la suya con el anillo descansando en la barandilla.

–A veces, cuando a uno le gustan dos sitios, es un problema. Por eso es por lo que yo voy de uno a otro, dependiendo de la temporada. Aunque, por supuesto, no todo el mundo puede hacer eso, sale muy caro.

La brisa de principios de verano llevaba el olor a mar y la fragancia de la buganvilla a un lado de la terraza. Se oyó el rebuzno de un asno y el golpeteo de los veleros contra el muelle más abajo.

Allegra lanzó una fugaz mirada a Draco. La luz de la luna confería un aspecto etéreo a sus hermosos rasgos. Llevaba gravada en la memoria esa amplia frente, las prominentes cejas, la nariz y esa boca digna de una escultura. ¿Existía algún hombre que pudiera compararse con él?

Ese hombre era su veneno. Le atraía mortalmente. Lo sabía. Y Draco también lo sabía. Era casi palpable. Sabía que si caía una sola vez se haría adicta a él. Por eso era por lo que debía mantener la distancia, a pesar de que cada poro de su cuerpo anhelaba el contacto con él. En privado, soñaba despierta con Draco. Pero no podía permitirse tener relaciones sexuales con él. Draco la había rechazado en una ocasión y no iba a volver a exponerse a semejante humillación.

Pero le gustaría besarlo...

Draco se volvió y la sorprendió mirándolo. Antes de que ella pudiera apartarse, Draco levantó la mano y le apartó unas hebras de cabello, recogiéndoselas detrás de la oreja. A pesar de no poder ver con claridad el rostro de Draco en la oscuridad de la noche, la luna se reflejaba en sus ojos negros.

Allegra sabía que debía alejarse de él; también sabía que debía apartarle la mano, reprocharle que la tocara y reprenderle. Pero su cuerpo parecía tener otras ideas. Ideas peligrosas. Ideas que la hacían imaginar su cuerpo aplastado bajo el de él con las bocas unidas y a punto de alcanzar el éxtasis. La visión de ese erótico contacto le aceleró el pulso y los latidos del corazón.

Vio sus manos alzarse y reposar en el liso pecho de él y sintió cómo los músculos de Draco se tensaban.

Draco le puso las manos en la cintura, marcándola con sus dedos ardientes. Le vio bajar la cabeza, los labios de él casi rozando los suyos, pero sin tocarlos. Sus alientos se mezclaron.

Allegra sacó la lengua para humedecerse los labios. Todo su ser preparado para el momento del contacto.

«Vamos, hazlo. Bésame y demuéstrame que me deseas tanto como yo a ti».

–¿Vas a besarme?

–Lo estoy pensando –respondió él con una voz ronca que la hizo temblar.

–¿Por qué tienes que pensarlo? –se acercó más a él y le rozó el pecho con los senos–. Sabes que quieres hacerlo.

Si se equivocaba, iba a ser humillante.

El aliento de Draco le acarició los labios, su barba incipiente le raspó la mejilla.

–Has bebido demasiado –dijo él.

–No estoy ebria, ni siquiera achispada.

No estaba ebria por el alcohol.

Draco le acarició el lunar con la lengua, en círculos, rodeándolo como si fuera un pezón. El deseo, casi insoportable, le humedeció la entrepierna. Entonces

Draco comenzó a besarle y mordisquearle la mandíbula. Y ella se estremeció de pies a cabeza cuando él, con suavidad, le atrapó el lóbulo de la oreja con los dientes, tirando de él. Las piernas ya no la sostenían, solo lograba permanecer en pie porque las manos de Draco la sujetaban por la cintura.

Con la boca, Draco continuó desbaratándole los sentidos, haciéndola viajar a un mundo de placer desconocido hasta entonces para ella. ¿Quién podía haber imaginado que la mandíbula era una zona erógena? ¡La mandíbula!

Draco le mordisqueó la parte entre el labio inferior y la barbilla. Estaba muy cerca de sus labios. Tan cerca y, sin embargo, tan lejos. Draco parecía negarse a unir la boca con la suya.

De repente, Draco apartó las manos de su cintura y las colocó a ambos lados de su cabeza para, acto seguido, juguetear con sus cabellos.

—Eres condenadamente hermosa —dijo él con voz profunda y grave.

—En ese caso, bésame.

Allegra le rodeó el cuello con los brazos y pegó su cuerpo al de él. Le sintió luchar contra sí mismo ahí donde sus cuerpos se tocaban: una lucha entre lo animal y el deseo de controlarse. Ella, por su parte, se había entregado ya a su naturaleza animal.

Quería que Draco la besara.

Necesitaba que la besara.

Iba a obligarle a besarla.

Le necesitaba tanto como respirar. Iba a morir si Draco no se rendía al deseo que ella sentía que latía hasta en su piel. Un deseo mutuo. Un deseo que se negaba a ser reprimido. Si Draco la besaba, demostraría que no solo era vulnerable ella, demostraría que él también tenía un punto débil: ella. Esta vez, Draco no iba a rechazarla. Esta vez, ella lo besaría como una mujer, no como una torpe adolescente. Le demostraría que no era tan indiferente a ella como le gustaría creer.

–Bésame, Draco. ¿O es que tienes miedo?

Draco bajó las manos y se las puso en las caderas con una fuerza casi posesiva.

–¿Sabes lo que estás haciendo?

Con los brazos alrededor del cuello de Draco y jugueteando con su cabello, Allegra movió el cuerpo contra el de él sinuosamente. Sintió la erección de él en el vientre, sus palpitaciones haciéndose eco de las suyas. Sintió su propia humedad, su cuerpo preparándose para el goce que anhelaba. Nunca había deseado a nadie así. Era como una enfermedad.

Aunque no tenía intención de acostarse con él, un beso la dejaría satisfecha, ¿o no? ¿Qué daño podía hacer un beso?

–Me deseas –declaró ella.

Draco la estrechó contra sí, quizá en contra de su voluntad. Le agarró las caderas con fuerza, hincándole los dedos como si no quisiera soltarla nunca.

–Sí, te deseo.

Y aunque Draco no lo dijo, Allegra oyó un «pero». Sin embargo, bajó una mano y le acarició los labios con la yema de un dedo.

–Apuesto a que has besado a muchas mujeres.

–Alguna que otra.

Le acarició el hoyuelo de la barbilla con los ojos fijos en los de él.

–¿Sabías que mi primer beso fue contigo?

–Lo supe cuando me besaste.

¿Por qué tenía que recordarle su inexperiencia de adolescente?

–He aprendido bastante desde entonces. ¿Quieres que te demuestre lo mucho que he mejorado?

Al momento, se dio cuenta de que Draco flaqueaba; pero, aunque él no respondió, su cuerpo habló por él, su deseo casi palpable en el ambiente. Pegado a ella, ardía.

Allegra volvió a rodearle el cuello con los brazos, se puso de puntillas y cubrió los labios de él con los suyos. Cuando fue a apartarse, Draco se lo impidió.

Draco respiró hondo y se hizo con el control del beso, aplastándole los labios con fervor. Retiró las manos de las caderas de ella, le agarró la cabeza y se la ladeó para poder profundizar y pasar la lengua por sus labios entreabiertos. Ella le recibió con un suspiro y, al momento, sus lenguas entraron en un combate erótico inconfundiblemente sexual. El deseo la sobrecogió mientras le besaba enfebrecida.

Draco emitió un profundo gruñido mientras le acariciaba cada milímetro de la boca con la lengua al tiempo que le cubría un pecho con la mano. La sensación la dejó sin aliento cuando él comenzó a pellizcarle un pezón por encima del vestido y el sujetador. Quería más. Necesitaba más. Entonces, Draco pasó a acariciarle el otro pecho por encima de la ropa como si fueran adolescentes besándose en la clandestinidad.

Draco apartó la boca de la de ella para besarle el cuello y el escote, los labios y la lengua de él la hicieron sentirse a punto de estallar.

Pero, aunque Allegra había perdido por completo el control de sí misma, Draco, al parecer, no. Muy despacio, Draco se separó de ella; y aunque aún la rodeaba con los brazos, sus torsos ya no se tocaban.

Allegra se sintió perdida, los pechos aún le picaban. Se quedó contemplando el rostro de él, pero la expresión de Draco era inescrutable... a excepción de un brillo triunfal en los ojos.

Allegra se soltó y se alisó el vestido. Había llegado el momento de poner freno a la situación. No podía dar la impresión de estar dispuesta a dejarse hacer.

—Solo para que lo sepas... No tengo problemas con que nos besemos, pero nada más.

Draco esbozó una sonrisa ladeada.

—¿En serio crees eso, incluso aunque yo accediera a ello?

—Esas son mis reglas y tendrás que acatarlas.

—Esto es lo que pienso de tus reglas.

Draco volvió a invadirle el espacio personal y la miró fijamente a los ojos con gesto desafiante. Ella respiró hondo, pero el aire se le atascó en la garganta. Tenía los muslos a menos de un par de centímetros de los de él, sus pechos volvían a excitarse por la proximidad del cuerpo de Draco.

Draco le acarició una mejilla con la yema de un dedo que acabó paseándose por su labio inferior.

Allegra, haciendo un esfuerzo ímprobo para no atrapar ese dedo con la boca, se humedeció los labios con la lengua... pero cometió el error de rozarle el dedo y un estallido de pasión volvió a sobrecogerla. Agarró la camisa de Draco, apretó el cuerpo contra el de él, le besó y le mordisqueó el cuello y, por fin, se apoderó de los labios de Draco.

Él volvió a penetrarle la boca con la lengua, provocando un juego sensual. Ella emitió entrecortados gemidos mientras Draco la agarraba por las caderas y la hacía sentir su erección.

Allegra quería más. Necesitaba más. Y bajó la mano para cubrirle el miembro por encima de los pantalones, su propio sexo un frenesí de excitación.

Al cabo de unos momentos, Draco le cubrió la mano con la suya para impedirle que continuara.

–Si el juego tiene reglas, las reglas tienen que ser justas.

Allegra encogió los hombros y dio unos pasos atrás, fingiendo desinterés. Los ojos de él brillaron.

–Podría haberte poseído ahora mismo, aquí, en la terraza; pero habríamos escandalizado a los empleados de tu padre. No mires, pero su ama de llaves, Sophia, está observándonos por la ventana a tus espaldas.

Allegra enrojeció al instante. ¿Cómo había podido actuar con semejante abandono? Se enorgullecía de comportarse siempre con decoro y dignidad. Sin embargo, en los brazos de Draco, se convertía en una mujer lasciva cuyo único objetivo era saciar el deseo carnal. Un deseo que seguía clamando a gritos ser saciado.

–Bueno, ¿no se supone que debemos dar la impresión de ser una pareja de enamorados? –comentó ella–. Por cierto, te felicito, tu representación ha sido excelente.

Draco lanzó una queda carcajada.

–No confundas el deseo sexual con el amor.

Allegra se dio media vuelta para mirar un mar en el que se reflejaba la luna. Draco estaba a su lado, lo suficientemente cerca para que sus brazos se rozaran.

–¿Qué pasará si te enamoras de mí? –preguntó ella antes de darse cuenta de lo que había dicho. ¿Había dado la impresión de querer que Draco se enamorara de ella?

Draco se volvió, apoyó la espalda en la balaustrada y descansó los brazos sobre la barandilla.

–Creo que eso ya lo hemos hablado, Allegra. No creo que sea capaz de enamorarme de ti.

–Qué comentario tan encantador –dijo Allegra lanzándole una mirada furiosa.

Draco encogió los hombros.

–Solo quiero que lo sepas.

Por supuesto, que Draco se enamorase era solo una posibilidad remota, su corazón era inaccesible, era él quien controlaba las relaciones en las que se veía involucrado. Pocas veces sus relaciones habían durado más de unas semanas, lo máximo habían sido un par de meses.

Allegra se miró la mano derecha, sobre la barandilla, al lado de la de él. La piel de Draco era morena, la suya pálida. Si movía la mano unos milímetros, podría tocarle. La tentación era sobrecogedora...

No podía dejar de pensar en esas manos recorriéndole el cuerpo desnudo.

–¿Por qué nunca has tenido una relación duradera? –preguntó ella lanzándole una mirada de soslayo.

–La he tenido.

–¿Te parece duradera una relación de uno o dos meses?

—Estuve con una mujer cerca de un año –respondió él después tras unos segundos de silencio.

–¿En serio? No lo sabía. No dijiste nada a nadie. Los medios de comunicación siempre...

Allegra decidió callar para evitar revelar que había seguido la vida amorosa de él muy de cerca de través de la prensa. Lo había hecho durante años, obsesivamente, cosa de la que no estaba muy orgullosa; pero siempre había sentido una enfermiza fascinación por los amoríos de Draco.

Se hizo otro silencio.

—Iba a pedirle que se casara conmigo.

Allegra se volvió de cara a él. Draco tenía la luna de espaldas por lo que era difícil verle la expresión, pero sí vio la mueca en sus labios.

–¿En serio?

—Incluso le compré un anillo.

Allegra no sabía nada de ello. ¿Por qué no había salido en la prensa? Draco había salido de la pobreza para convertirse en el soltero más codiciado de Grecia. ¿Quién era esa mujer a la que había propuesto matrimonio? Y, lo más importante, ¿por qué no se habían casado?

–¿Qué pasó?

Draco se apartó de la barandilla y se volvió de cara a la luna. Solo veía su perfil, pero sospechaba que no le gustaba hablar de aquello.

—Resultó no ser la mujer para mí.

–¿Te rechazó?

Draco se miró el reloj y frunció el ceño.

—Bueno, será mejor que me vaya ya. Debo volver a casa, aún tengo algo de trabajo.

Allegra le puso una mano en el brazo.

—Espera, no te vayas todavía. Antes dime qué pasó.

Draco le apartó la mano.

—Olvídalo, Allegra.

No, de ninguna manera iba a olvidarlo ahora que tenía la oportunidad de descubrir quién se escondía detrás de esa máscara de astuto y hábil hombre de negocios.

—Yo te he hablado de mí misma, a pesar de que no ha sido fácil. Te he hablado de mi primera relación, de la que solo Emily estaba enterada. ¿No crees que me lo debes?

Draco tardó en contestar. La miró fijamente. Por fin, suspiró y dijo:

—Ella tenía a otro más rico que yo. Hace un par de años compré la empresa de ese tipo y después la vendí, el negocio me salió muy bien, gané mucho dinero.

«Eso es lo que se hace cuando se es tan rico y se busca una venganza».

A Allegra aquello le sirvió de advertencia de que las cartas estaban a favor de Draco en el juego que se traían entre manos. Draco era cruel y calculador cuando quería. ¿No lo había demostrado con la proposición matrimonial que le había hecho a ella?

—¿Qué le pareció eso a tu ex?

Draco lanzó una cínica carcajada.

—Me pidió una cita privada y se puso a mi completa disposición.

Allegra no supo por qué sintió celos súbitamente. ¿Qué le importaba a ella con quién se acostaba Draco y por qué? Podría importarle una vez que estuvieran casados, pero el pasado de Draco no tenía nada que ver con ella.

–¿Y qué hiciste tú?

–¿Qué crees que hice?

–¿Decirle que se fuera al infierno?

–No –respondió él con un brillo malicioso en los ojos–. Primero me acosté con ella y después le dije que se fuera al infierno.

Capítulo 3

AL DÍA siguiente, durante toda la ceremonia del bautizo, Allegra no pudo dejar de pensar en la mujer que había rechazado la proposición matrimonial de Draco. Había buscado información en Internet al respecto, pero no había visto nada relativo a una relación duradera. ¿Hacía cuántos años había ocurrido? ¿Había pasado antes de que Draco alcanzara la cima del éxito, cuando todavía luchaba por abrirse paso en la vida?

¿Era por eso por lo que Draco no se enamoraba e insistía en no enamorarse nunca? ¿Era ese el motivo por el que sus relaciones eran tan cortas, porque no quería exponerse a ser vulnerable? Si había estado realmente enamorado de esa mujer, quizá hubiera sufrido mucho; sobre todo, si dicha mujer hubiera preferido a otro por ser más rico que Draco. Eso habría sido un fuerte golpe para un hombre tan orgulloso como Draco Papandreou.

En la actualidad, había pocos hombres más ricos que Draco en Grecia. Su imperio económico era inmenso, no solo se limitaba a la construcción de yates de lujo sino también al negocio inmobiliario. Era propietario de numerosas villas, no solo de uso personal sino también en alquiler para clientes millonarios.

Tenía habilidad para los negocios: había sacado a flote muchos de ellos, los había hecho rentables de nuevo y los había vendido consiguiendo grandes beneficios. En público, casi nunca hablaba de sus humildes orígenes como hijo único de un pescador, pero ella suponía que eso le había motivado para expandir su negocio.

Draco también era un hombre enigmático. Mantenía las distancias con la gente y no permitía que nadie le manipulara. Sabía juzgar a las personas, como ella sabía por experiencia, cuando Draco le advirtió del dudoso carácter de su primer novio.

Allegra paseó la mirada por la estancia con vistas a la terraza donde estaban los invitados con copas en las manos para brindar por el bebé. Su padre había hecho más que brindar, ella ya había perdido la cuenta de las copas de champán que se había tomado. Se le veía contento; lo que no tenía nada de extraño, ya que había conseguido una familia perfecta y el matrimonio de su hija de treinta y un años iba a solucionar todos sus problemas económicos.

Elena la miró y se acercó a ella con Nico en los brazos.

–Todavía no he tenido tiempo de hablar contigo en privado, Allegra –dijo Elena con una amplia sonrisa–. No te imaginas lo feliz que tu padre y yo estamos por lo de Draco y tú. Tu padre había estado muy estresado últimamente; pero desde que se ha enterado de que Draco y tú os vais a casar es como si se le hubiera quitado un peso de encima. Eres feliz, ¿no? Lo digo porque... no sé, te veo bastante callada y...

Allegra forzó una sonrisa.

–Claro que sí. Lo que pasa es que ha sido todo tan rápido...

–Sí, pero Draco no tiene mucha paciencia, ¿verdad? –dijo Elena tras lanzar una queda carcajada–. A mí me parece muy romántico que quiera casarse lo antes posible.

Entonces, Elena miró el vientre de ella y añadió:

–¿Es porque estás...?

Allegra evitó la mirada de Elena y clavó los ojos en el bebé.

–No, nada de eso. Ocurre que tanto Draco como yo tenemos muchas obligaciones y mucho trabajo durante los próximos meses y resulta que teníamos unos días libres ahora.

–Pero querréis tener hijos, ¿no? –preguntó Elena dándole a Nico para que lo acunara–. Vamos, cuando podáis. Sería terrible que no tuvierais hijos. Yo creía que no iba a tenerlos, pero entonces conocí a tu padre y me quedé embarazada accidentalmente. Todavía me cuesta creerlo –Elena volvió el rostro para mirar al padre de Allegra y suspiró–. Sigue pareciéndome imposible que se casara conmigo. Creía que no iba a encontrar nunca a nadie que me quisiera.

Pero... ¿quería su padre realmente a Elena? Dudaba que su padre profesara por su joven esposa el mismo amor que ella por él. Siempre había deseado un heredero varón y una mujer griega y maleable que nunca cuestionara su autoridad y que se diera por satisfecha quedándose en casa y criando a sus hijos.

–La verdad es que no he pensado todavía en tener hijos, el trabajo ha sido siempre lo primero para mí –contestó Allegra.

Ella siempre había antepuesto el trabajo a todo lo demás. Pero ahora, con Nico en los brazos, dudó. El bebé bostezó en ese momento, estiró su pequeño cuerpo y alzó un diminuto brazo con la manita cerrada en un puño. Ella le agarró la mano, se la besó y fijó los ojos en las minúsculas y perfectas uñas.

Elena se inclinó sobre su hijo para estirarle el faldón del bautizo que había pertenecido a la familia Kallas durante más de cien años. Allegra no había llevado ese faldón porque era exclusivo de los niños, una tradición más que la había hecho sentirse marginada.

Draco había mencionado la posibilidad de tener un hijo con ella, pero había sido una broma. Era comprensible que Draco no quisiera hijos con ella teniendo en cuenta que su matrimonio iba a ser breve. Además, ¿por qué estaba pensando en los niños?

–¿Te importaría quedarte con Nico un momento? –le preguntó Elena–. Tengo que ir al cuarto de baño.

–No, no me importa en absoluto, ve –respondió Allegra.

El pequeño Nico abrió los ojos, la miró y sonrió. Allegra sintió un intenso y repentino amor por el niño. Su medio hermano la estaba derritiendo.

–Eh, pequeño, ¿quién es el corazón de la fiesta hoy?

Draco se le acercó en ese momento, le rodeó la cintura y le ofreció un dedo al bebé, que este agarró de inmediato.

–Qué pequeños son los bebés, ¿verdad? Parece un muñeco.

–Sí –dijo Allegra–. Me da miedo que se me caiga. Supongo que, si es tuyo, te acostumbras.

–Se te da muy bien. Parece como si te hubieras pasado la vida con un bebé en los brazos.

Allegra esbozó una irónica sonrisa.

–Solo he llevado en brazos a los bebés que devuelves a sus madres. ¿Quieres sujetarlo tú un poco?

–No, ni hablar –Draco dio un paso atrás–. No se me dan bien los niños.

–Vamos, no tengas miedo –Allegra dio unos pasos hacia él–. ¿Es que te da miedo un pequeño e indefenso bebé?

Draco pareció a punto de negarse; pero, de repente, adoptó una expresión de resignación.

–Si se me cae, la culpa es tuya.

–No se te va a caer –Allegra se le acercó para poderle pasar al niño. La proximidad perturbó sus sentidos. El olor de él era intoxicante, embriagador.

Draco tomó al bebé en sus brazos sin pegárselo al cuerpo, como si no quisiera tenerle muy cerca. Pero entonces Nico le sonrió y gargajeó, y Draco se lo pegó al pecho, comenzó a acunarle y le miró con una sonrisa en los labios.

Allegra no había imaginado que verle con un bebé pudiera enternecerla tanto.

–Es mi primer ahijado –dijo Draco.

–El mío también –dijo Allegra–. No sé qué clase de consejera espiritual seré; a veces, me parece que yo también necesito un consejero espiritual.

–Eso nos pasa a todos.

–¿Qué? ¿El invencible Draco Papandreou necesita un consejero? Increíble.

Draco esbozó una burlona sonrisa.

–Te sorprendería lo mucho que me costó controlar

mi vida. Y casi me perdí por el camino varias veces
—Draco volvió a mirar al niño—. Sobre todo, después
de la muerte de mi padre. De repente, me encontré
solo en el mundo.

—¿Cuántos años tenías cuando murió tu madre?

—Seis.

Allegra tenía la misma edad cuando su madre murió y seguía echándola de menos. Debía haber sido
terrible para Draco perder a su madre y también a su
padre unos años después.

—Debiste pasarlo muy mal cuando tu padre murió
así, de repente. ¿Quién se hizo cargo de ti?

—Yo mismo.

Allegra frunció el ceño.

—Pero... ¿cómo sobreviviste? ¿No tenías familiares
que se encargaran de ti?

—A los familiares que tenía no les interesaba aco-
ger a un chico de quince años con problemas.

—¿Qué hiciste entonces?

—Valerme por mí mismo.

—¿Cómo?

La mirada de Draco adoptó una expresión sarcástica.

—¿En serio quieres que te cuente las fechorías que
hice? Te asustaría.

—Cuéntamelo.

Draco miró de nuevo al bebé y después le dedicó a
ella una inescrutable sonrisa.

—No puedo hacerlo delante de Nico.

A ella le frustró que Draco no quisiera hablarle de
su niñez y adolescencia.

Nico comenzó a mostrarse inquieto y, como si lo
hubiera sentido, Elena apareció y tomó a su hijo.

–Creo que tiene hambre –dijo Elena–. Por cierto, sois unas niñeras perfectas.

Después de que Elena se marchara, Draco y Allegra salieron al jardín, a una zona bajo la sombra de unos árboles cerca de una fuente.

–A propósito, tenemos que hablar de los aspectos legales de nuestro matrimonio. ¿Te viene bien a mediados de la semana que viene? Voy a estar en Londres por asuntos de negocios. Concertaré una cita con mi abogado allí, él se encargará del asunto.

Allegra no tenía objeciones a firmar un acuerdo prematrimonial. Ella tenía inversiones, propiedades y otros intereses que no quería poner en peligro debido al divorcio. No obstante, le dolió pensar en el cinismo con que Draco se estaba tomando su matrimonio.

–Sí, bien. Cuando sepas el día y la hora, llama a mi secretaria, Emily, para que lo incorpore a mi agenda.

–Sé lo que estás pensando. Pero tengo que proteger a mis accionistas y también estoy seguro de que tú tienes intereses que quieres proteger. Así todo será más sencillo –Draco se interrumpió unos segundos antes de añadir–. No he pretendido insultarte, Allegra.

–No lo he considerado un insulto.

–En ese caso, ¿por qué estás frunciendo el ceño?

Allegra hizo un esfuerzo por relajar los músculos del rostro.

–Siempre frunzo el ceño cuando pienso –respondió ella acercándose a la fuente para meter la mano en el agua–. Me resulta extraño pensar que dentro de una semana vamos a estar casados.

Draco le puso las manos en los hombros, de espaldas a ella. La proximidad la acaloró y tuvo que luchar contra el deseo de apoyarse en él.

—¿Estás pensando en echarte atrás? —preguntó Draco.

—No tengo alternativa. Debo casarme contigo para evitar que Elena y Nico sufran las consecuencias si no lo hago.

Draco la hizo volverse y clavó los ojos en los suyos al tiempo que le ponía una mano en la cintura.

—Sé que esto ha sido difícil para ti. La situación de tu padre ha precipitado el curso de los acontecimientos. Sus acreedores están muy impacientes. Pero, con el tiempo, espero que llegues a ver la situación como algo ventajoso. Sobre todo, para ti.

¿Por qué para ella en particular?

El matrimonio era algo muy serio, incluso cuando una pareja se casaba por amor. Pero teniendo en cuenta que ninguno de ellos dos estaba enamorado, ¿qué ventajas podría acarrearles? Por supuesto, muchos matrimonios de conveniencia salían bien, pero más por suerte que otra cosa.

Allegra había sentido una intensa hostilidad, así que no comprendía por qué le atraía tanto. Además, cuanto más tiempo pasaba con él más cuenta se daba de que siempre le había considerado su enemigo número uno.

Tenía gracia, pero no le parecía su enemigo cuando la tocaba, cuando la miraba con esos ojos negros de inimaginable profundidad. No era su contrincante cuando la besaba, cuando sus lenguas se unían imitando el acto sexual ni cuando las manos de él le acariciaban los pechos o le presionaban la cintura.

Los dedos de Draco la apretaron un poco más al tiempo que él se le acercaba hasta el punto de permitirla notar un deseo en él que se hacía eco del suyo. Los ojos de Draco se clavaron en su boca y el pulso se le aceleró. Draco bajó la cabeza muy despacio, dándole tiempo para evitar el beso si así lo quería.

Pero no quería evitarlo.

Al principio, fue casi una pincelada de sus labios; después, el beso se tornó apasionado. El sensual deslizamiento de la lengua de Draco en su boca la hizo gemir. Al instante, le rodeó el cuello con los brazos y se estrechó contra él. Draco le puso las manos en el rostro y la hizo ladear la cabeza para profundizar aquel asalto que la inició en una espiral de excitación y deseo a un nivel que apenas unos días antes no habría creído posible.

Allegra hundió los dedos en los espesos cabellos de Draco mientras se alimentaba de su boca y él le mordisqueaba el labio inferior para luego lamérselo. Draco hizo lo mismo con su labio superior y ella pudo sentir un fuego líquido en la entrepierna.

–Eh, parad –dijo uno de los amigos de su padre a sus espaldas y a cierta distancia de donde ellos estaban–. Dejadlo para la luna de miel.

Draco se apartó de ella ligeramente, pero la rodeó la cintura con un brazo.

–¿Qué tal, Spiro? –dijo Draco.

–Al parecer, no tan bien como tú –respondió Spiro con una amplia sonrisa–. Vaya, por fin juntos. Es un buen partido, ¿eh, Allegra? Debes estar muy contenta de haber pillado a un tipo como Draco.

Allegra sonrió apretando los dientes.

–De hecho creo que es Draco el afortunado, ¿no estás de acuerdo, cariño?

Draco sonrió y los ojos le brillaron.

–Por supuesto, *kardia mou*. Soy yo quien sale ganando con nuestra unión.

Afortunadamente, Spiro se puso a hablar con otros invitados que habían salido al jardín a disfrutar la suave brisa del mar.

–Esto te divierte, ¿verdad? –preguntó Allegra a Draco en voz baja, disimuladamente.

–Ya sabes cómo es Spiro –respondió Draco poniéndole una mano en la espalda y empujándola suavemente de vuelta a la casa.

–Sí, Spiro cree que lo único que quiere una mujer es un hombre con una buena cuenta bancaria. Es insultante. Un hombre no es un plan financiero. Reconozco que eso es lo que buscan algunas mujeres; pero, personalmente, jamás me casaría por dinero. No valoro a las personas por el dinero que tienen.

Draco le acarició la espalda y a ella le pareció que se le rompían los ligamentos de las rodillas.

–Estoy de acuerdo contigo. Pero, por otra parte, el hecho de que alguien haya sido lo suficientemente disciplinado y haya trabajado mucho para conseguir acumular una fortuna demuestra admirables cualidades en dicha persona, ¿no?

Allegra lanzó un bufido.

–Hace un par de años tuve una clienta que se casó con un hombre que había heredado de sus padres una considerable fortuna. El hombre más vago con el que me he tropezado en la vida. Fue un maltratador durante el matrimonio y después del divorcio y ni siquiera pasaba dinero para el mantenimiento de sus hijos. El dinero no hace a la gente, Draco, el dinero saca lo peor de la gente y provoca sufrimiento. En mi trabajo lo veo constantemente.

Draco entrelazó el brazo con el de ella.

—Al menos, en nuestro matrimonio, los dos estamos más o menos en condiciones de igualdad.

—No creo que mi fortuna pueda compararse a la tuya.

—Puede que no, pero los dos hemos luchado por conseguir lo que tenemos y ninguno de los dos queremos perderlo.

Había cosas que era mucho peor perder...

«Como el corazón si no tengo cuidado».

El lunes por la mañana, cuando Allegra entró en su despacho, Emily apareció en la puerta antes de que a ella le hubiera dado tiempo a soltar el bolso. Emily cerró después de entrar y se sentó en una silla delante del escritorio.

—Bueno, cuenta. ¿Qué demonios es lo que está pasando? ¿Te haces idea de lo sorprendida que me he quedado al enterarme de que te vas a casar?

—Ya te lo he dicho, es un matrimonio de conveniencia —contestó Allegra—. Mi padre tiene problemas económicos y Draco va a sacarle de apuros con una fusión de las dos empresas.

Emily frunció el ceño.

—Bien. ¿Pero qué tiene eso que ver con casarse contigo?

—Al parecer, quiere una esposa y yo cumplo todos

los requisitos –respondió Allegra bajando los hombros.

–Sigo sin entenderlo. Tú nunca has querido casarte.

–Cierto. Pero he accedido porque... Bueno, porque sí. Le conozco desde la adolescencia, solía verle en fiestas y esas cosas.

–Hace solo seis meses te parecía un arrogante y te resultaba insoportable –insistió Emily–. Y ahora, llevas el anillo de compromiso que te ha dado. A propósito, enséñamelo –Emily se inclinó hacia delante y agarró la mano de su amiga y jefa–. ¡Qué maravilla! Es precioso.

–Sí, lo es. Ni yo misma habría elegido uno mejor –lo que la hizo preguntarse si Draco no la conocería mejor de lo que ella creía, a pesar de haberle dicho que había elegido el anillo sin pensarlo mucho. ¿Qué más sabía sobre ella?

Emily recostó la espalda en el respaldo del asiento y suspiró.

–No puedes imaginar lo que me gustaría que un guapo multimillonario me obligara a casarme con él por conveniencia. Es multimillonario, ¿verdad?

–Sí, lo es.

Emily volvió a inclinarse hacia delante, sus ojos castaños, de repente, mostraron preocupación.

–¿Estás segura de que sabes lo que haces? Lo que quiero decir es que no tienes que casarte si no quieres.

Allegra no podía negarse, pero explicar el porqué a su amiga la haría parecer aún más patética de lo que se sentía. Estaba avergonzada de lo mucho que deseaba agradar a su padre.

–Sé lo que hago, Em.

–Me dijiste que no iba a ser una relación sexual, pero supongo que estabas de broma, ¿no? –dijo Emily–. ¿Con ese hombre? ¿Cómo no vas a querer acostarte con él?

Allegra sintió calor en las mejillas.

–Le he dicho que nada de sexo.

–¿Y él te ha dicho que de acuerdo? –preguntó Emily en tono de incredulidad.

–No exactamente, pero tiene que respetar mis deseos o...

–Tonterías –la interrumpió Emily–. Ese hombre te gusta. Por eso te enfadaste tanto con él aquella noche en diciembre. Con quien querías estar era con él, no con el imbécil que te dio plantón a pesar de haber sido él quien te había pedido que salierais juntos.

–Me enfadé con Draco porque parecía hacerle gracia que me hubieran dado plantón –contestó Allegra–. A mí no me hizo ninguna gracia, me resultó humillante.

–Lo que te resultó humillante fue que Draco estuviera allí y se enterara de que te habían dado plantón. Es un golpe al ego. Y hablando de egos... ¿voy a ser tu dama de honor o ya tienes a otra?

–Lo siento, Em –Allegra adoptó una expresión de disculpas–. Va a ser una ceremonia muy sencilla, solo unas cuantas personas en una isla privada.

–La isla privada de Draco –Emily sonrió traviesamente–. No te preocupes, no pasa nada –Emily se levantó del asiento y se alisó la falda–. De todos modos, espero un informe completo de la boda acompañado de fotos cuando vuelvas de la luna de miel, ¿de acuerdo?

—De acuerdo.

—¿Dónde vais a pasar la luna de miel?

—En su yate.

A Emily le brillaron los ojos.

—¡Estás perdida!

Capítulo 4

DESPUÉS de ir a los abogados a firmar el
acuerdo prematrimonial, Allegra no volvió a
ver a Draco hasta el día antes de la boda en
su isla privada a la que llegó desde el aeropuerto de
Atenas en un helicóptero contratado por él. Entre el
trabajo, encontrar un vestido de novia y hacer el equipaje para la luna de miel, la semana había sido una
pesadilla. Además, cada vez que pensaba en que iba a
pasar unos días en un yate con él, el pulso se le aceleraba. Sabía que Draco no era la clase de hombre que
la forzara, lo que le preocupaba era cómo iba a frenar
su incontrolable deseo.

Emily tenía razón, ¿cómo demonios iba a poder
resistirse a él? Una semana en un yate con Draco iba
a poner a prueba su fuerza de voluntad hasta los lími-
tes. Cuando estaba con él, perdía el control. El corazón se le desbocaba cada vez que él la miraba.

Ella tenía trabajo en Londres finalizada la luna de
miel; pero, al parecer, Draco también tenía allí reu-
niones de negocios, por lo que viajarían juntos.

Como una pareja normal...

Nada más llegar a la isla, le pareció encontrarse en
un paraíso. El mar azul y la arena blanca al lado de la
villa eran sorprendentes. La isla formaba parte del

archipiélago de las Cícladas, reliquias de la actividad hidrotermal millones de años atrás, de una belleza atemporal.

Pero fue la villa lo que le quitó la respiración. Era blanca, de cuatro pisos, con una piscina infinita sobre la impoluta playa más abajo. Los jardines que rodeaban la casa parecían salidos de un cuento de hadas, con cipreses esparcidos por doquier y un bosque de la misma especie de árboles en las laderas del otro extremo de la isla.

Draco no estaba en la casa para recibirla, por la mañana le había enviado un mensaje para decirle que no podía. ¿No había podido o no había querido hacerlo? Al preguntar al piloto, este le había explicado que Draco estaba en otra parte de la isla encargándose de unos asuntos. Teniendo en cuenta que la boda era al día siguiente, no le parecía una excusa poco razonable. A pesar de que iba a ser una ceremonia sencilla, vio mucha actividad en relación a los preparativos.

Una mujer de unos cincuenta años salió a recibirla.

–*Kyria* Kallas –dijo el ama de llaves en un inglés muy limitado–, *Kyrios* Papandreou no tardará mucho en llegar. Está... ¿cómo se dice? ¿demasiado ocupado?

Allegra sonrió al ama de llaves y le dijo que no se preocupara. Se enteró de que se llamaba Iona, que llevaba cinco años trabajando en la casa de Draco y que, en su opinión, era el mejor jefe que había tenido nunca. No dejó de halagarle. Según la mujer, Draco la había rescatado de las calles de Mykonos después de que su marido se divorciara de ella tras treinta años de matrimonio y lo hubiera perdido todo.

Allegra sabía que Draco era generoso con el dinero, pero nunca le había imaginado como la clase de persona que acogía a una vagabunda y le daba trabajo de ama de llaves.

Iona la acompañó al interior de la casa y la condujo a la zona de la villa en la que ella se iba a alojar antes de la boda. Su suite era preciosa, con varias estancias y un cuarto de baño de mármol con grifería de oro. Las tapicerías eran una mezcla de terciopelo, seda y brocado. Aunque no era una experta en arte, algunos de los cuadros de las paredes, unos antiguos y otros modernos, parecían ser muy valiosos. Las vistas eran asombrosas, pensó admirando la belleza y grandeza de la naturaleza.

Uno de los empleados le llevó el equipaje y, después de irse, Iona le preguntó si quería que le planchara el vestido de novia y cualquier otra ropa.

—Sí, muchas gracias.

Allegra se acercó a la ventana con vistas a la playa. Aunque había aire acondicionado dentro de la casa, la idea de un baño en el mar le resultó tentadora. Inmediatamente, antes de que Iona le deshiciera el equipaje, rebuscó entre la ropa y sacó un traje de baño. Desechó la idea de pasearse con un bikini más diminuto que la ropa interior, regalo de Emily en el último momento.

Unas escaleras que pasaban por un lado de la piscina infinita bajaban a la playa. Allegra prefirió bañarse en el mar por discreción, la piscina se veía desde la casa y no le apetecía que los empleados la vieran bañándose.

Sintió la arena caliente en los pies cuando se quitó

las sandalias y el sol le dio de pleno en los hombros al sacarse por la cabeza el poncho de algodón. El agua estaba templada y clara, tanto que pudo ver pequeños peces cada vez que daba un paso. Se adentró en el mar un poco más y después se lanzó de cabeza. Sintió un enorme placer, como si la naturaleza la hubiera bautizado.

Nadó, disfrutando la sensación del sol después del mal tiempo estival en Londres.

Podía acostumbrarse a esa clase de vida, una semana o dos en Londres trabajando para después ir allí a descansar y a disfrutar del mar, la arena, el sol... y un muy guapo marido.

Cuando Draco regresó a la casa tras resolver un asunto con un empleado nuevo, se enteró de que Allegra estaba en la playa. La vio desde la terraza moviéndose por el agua como una sirena, sus largos y negros cabellos flotando sobre sus espaldas. El bañador azul marino y blanco se le ceñía al cuerpo, un cuerpo que estaba deseando acariciar.

Solo le había tocado los pechos una vez y por encima de la ropa, lo suficiente para volverle loco de deseo. Allegra había insistido en no consumar el matrimonio, pero cada vez que él la besaba la respuesta parecía indicar lo contrario. Él jamás había forzado a una mujer a hacer algo que ella no quisiera, pero tenía motivos para pensar que Allegra le deseaba. Que le deseaba tanto como él a ella.

Bajó a la playa y, haciendo visera con una mano para protegerse del sol, la vio deslizarse por el agua.

Pero, como si hubiera sentido su presencia, Allegra se detuvo, se puso en pie y, con el agua llegándole a la cintura, se echó la melena hacia atrás. Parecía una diosa saliendo del mar, su cremosa piel tan blanca como la arena de la playa.

Draco se quitó los pantalones vaqueros, la camisa, los zapatos y, acercándose a la orilla, se metió en el agua. Podía haberse quitado también los calzoncillos, pero hacer el amor con Allegra a plena vista era algo que quería evitar. Una vez que estuvieran en la intimidad del yate... ¿quién sabía lo que podía pasar?

Se acercó a ella y paseó la mirada por su cuerpo. Los ojos de Allegra se clavaron en los suyos.

–¿Ya has terminado lo que tenías que hacer?

Draco le puso las manos en la cintura. Aunque ella no se apartó, se quedó quieta como una estatua.

–Lo siento, *ágape mou*. Tenía que solucionar un asunto con un empleado nuevo. Se trata de un chico indigente que vino a trabajar para mí hace unos meses. Le cuesta adaptarse y cumplir las normas que le he impuesto.

Allegra parpadeó y su cuerpo se relajó.

–Ah...

Él le pasó las manos por los brazos. Era como acariciar seda. Deseaba con todo su cuerpo estrecharla contra sí. Se imaginó a sí mismo encima de ella sobre la arena.

–Será mejor que no te vean enfadada conmigo el día de la boda, ¿no te parece?

Allegra lanzó un suspiro, dio un paso hacia él, le puso las manos en el pecho e hizo que le hirviera la sangre en las venas.

–Perdona, estoy un poco abrumada. ¿Está bien tu empleado?

Draco le agarró las caderas, necesitaba tenerla más cerca.

–He encontrado a Yanni en las habitaciones del servicio no sé si ebrio o drogado. Tenía que ver qué pasaba, Yanni era drogadicto.

Allegra se mordió el labio inferior.

–Ha debido ser difícil para ti. ¿Se encuentra mejor ya?

–Sí, pero va a tardar unas horas en recuperarse –respondió él–. Otro empleado le está cuidando y le está dando líquido para mantenerlo hidratado.

–¿Cuántos años tiene?

–Dieciséis, pero con la experiencia de una persona de treinta años. Ha visto cosas que ni tú ni yo podemos imaginar. Llevaba viviendo en la calle desde que tenía diez años.

–¿Cómo lo conociste? –preguntó ella arrugando el ceño.

–Trató de robarme la cartera. Le pillé in fraganti. Forcejeó conmigo y fue entonces cuando me di cuenta de que estaba colocado. Temblaba, sudaba y estaba fuera de sí, apenas coherente. Le llevé al centro de rehabilitación, pero volvió a la droga tan pronto como salió del centro. No se puede vivir en la calle y drogarse durante seis años y dejarlo sin más.

–¿Le trajiste a vivir en tu isla?

–Sí, aquí es más difícil drogarse –contestó Draco–. Aquí puedo mantenerle apartado de los clubes nocturnos, los bares y los tipos que quieren explotarle y obligarle a hacer el trabajo sucio por ellos a cambio de algo de droga. En el fondo es un buen chico, pero la vida ha sido dura con él.

Allegra pareció pensativa unos momentos.

–¿Tú también viviste en la calle?

A Draco no le gustaba hablar de cuando se había visto solo en el mundo y sin dinero tras la muerte de su padre. Había sido un tiempo que prefería olvidar. De haberse equivocado en sus decisiones, podría haber acabado muy mal. Igual que Yanni. Ayudar a Yanni era justo lo que su primer jefe había hecho por él.

–Sí, unos meses. Fue muy duro. Podría haber acabado muy mal. Pero conseguí salir a flote y honrar la memoria de mi padre.

–¿Cómo llegaste adonde estás?

–Con mucho esfuerzo y decisión –respondió Draco–. Y la suerte me acompañó también. Conseguí trabajo en el muelle y el dueño de una flota de barcos turísticos me tomó cariño. Asistía a clases nocturnas y trabajaba. Después, trabajé con Josef y, cuando él se jubiló, le compré el negocio. Lo amplié y tuve éxito. Supongo que Yanni necesita una persona que haga por él lo que Josef hizo por mí. Me parece que es lo justo.

Allegra le sonrió, le rodeó el cuello con los brazos y pegó el cuerpo al suyo.

–No sabía que hubiera un tipo tan estupendo tras esa máscara de arrogancia.

Draco le devolvió la sonrisa, le puso las manos en las nalgas y clavó los ojos en el escote de ella.

–Si supieras lo que estoy pensando en este momento no creo que dijeras que soy estupendo.

Los ojos de Allegra brillaban con la misma excitación que palpitaba en su cuerpo. Ella hundió los dedos en sus cabellos, abrió los labios y se los humedeció con la punta de la lengua.

–¿Vas a besarme? Creo que a tus empleados les gustaría ver algo así –dijo ella con voz ronca, su cálido aliento acariciándole los labios.

Allegra olía a sol, a sal, a crema de protección solar y a otra cosa que le hizo perder el control sobre sí mismo.

Draco se dio por vencido con un suspiro.

–Si insistes...

Cubrió la boca de alegra con la suya en un beso que mostraba su deseo. Exploró el interior de la boca de ella mientras la sangre le corría como un torrente. Sus lenguas se enzarzaron en un juego sensual. La estrechó contra sí todo lo que pudo. Jamás había deseado a nadie con tanta desesperación. El cuerpo le ardía y la energía sexual le enloquecía.

Subió las manos para cubrir los pechos de Allegra por encima del traje de baño, pero no era suficiente. Quería acariciar la piel desnuda de esos gloriosos globos.

Draco se puso de espaldas a la casa, ocultando a Allegra con su cuerpo. Entonces, le bajó los tirantes del bañador. Los pechos de Allegra no eran pequeños ni grandes, eran perfectos, de piel blanca y aureolas rosadas, y tenía los pezones tan erguidos como su pene. Los sujetó con las manos y ella gimió y le mordisqueó los labios.

Draco le subió los pechos, bajó la cabeza y le acarició el pezón derecho con la lengua, después el izquierdo. Continuó besando esos pechos, lamiéndolos... Ella echó la cabeza hacia atrás, sus largos cabellos como algas sobre la superficie del mar. Allegra le ofreció sus pechos como si estuviera haciendo una ofrenda a un dios. Y él se aprovechó, sin importarle si alguien les veía desde la casa. Continuó besando esos pechos con labios, lengua y dientes hasta hacerla jadear una y otra vez.

Su miembro estaba tan duro que le dolía. Entonces, como si se hubiera percatado de su agonía, Allegra bajó la mano y le sacó el miembro de los calzoncillos. Los dedos de ella le acariciaron y le presionaron bajo el agua.

Draco le bajó a Allegra el bañador y le cubrió el sexo con una mano. Ella se apretó contra él y gimoteó:

–Por favor... Por favor... Por favor...

Draco le acarició el sexo con un dedo y, por último, se lo metió dentro del ardiente y mojado cuerpo. No tardó en sentir los músculos de Allegra contraerse al alcanzar el orgasmo, los sensuales gritos de ella le deleitaron más de lo que había creído posible. Allegra era sumamente receptiva a él. ¿A qué hombre no le gustaba eso? Siempre le había satisfecho dar placer a las mujeres con las que se acostaba, pero dar placer a Allegra significaba algo más para él.

Algo que no podía explicar.

Draco sacó el dedo del cuerpo de ella y la abrazó mientras se recuperaba. Allegra tenía las mejillas sonrojadas cuando le miró con expresión aturdida.

–Ha sido...

–¿Placentero?

–Inesperado –respondió ella mordiéndose los labios.

–¿En qué sentido?

–Yo no suelo... Lo que quiero decir es que con un hombre nunca...

Draco le puso un dedo en la barbilla y la obligó a alzar la cabeza y mirarlo a los ojos. Lo que vio en ellos fue una mezcla de incertidumbre y timidez.

–¿Es la primera vez que haces esto en el agua? –preguntó él.

–La primera vez que tengo un orgasmo con un hombre.

–¿En serio? –Draco frunció el ceño.

–Sí, bueno, puedo tenerlos yo sola, pero cuando estoy con un hombre me siento presionada y... nada.

Draco, perplejo, le acarició la mejilla.

–Escúchame bien, Allegra. Te aseguro que, para mí, lo primero siempre será darte placer. Un buen amante debe mostrarse comprensivo y darle tiempo a su pareja.

Ella, con las mejillas sonrojadas, esbozó una débil sonrisa.

–¿Qué ha pasado con nuestro acuerdo? Todavía no nos hemos casado y mira cómo me estoy comportando.

Draco le acarició los mojados cabellos y contempló esos ojos tan azules como el mar.

–No tienes por qué avergonzarte de que nos deseemos, *glykia mou*. Es algo que debemos celebrar. Ayudará a que nuestro matrimonio sea bueno.

Ella se humedeció los labios y, brevemente, miró los genitales de él.

–¿Y tú? ¿No vas a...?

Draco sacudió la cabeza.

–No es que no quiera, pero la próxima vez que

hagamos el amor será para consumar nuestro matrimonio. Y, sobre todo, estaremos solos en el yate sin la mitad de los empleados viéndonos por las ventanas.

Allegra se mordió el labio inferior.

–No es justo, quiero decir que tú debes haberte quedado con ganas...

Draco le agarró las manos y se las llevó al pecho.

–Un hombre tiene la responsabilidad de controlarse en todo momento al margen de las circunstancias. Te deseo, de eso que no te quede la menor duda. Creo que nunca he deseado tanto a una mujer. Pero será mejor que esperemos a mañana.

Allegra sonrió.

–Cuidado, Draco, hablas como si nuestro matrimonio fuera a ser un matrimonio normal.

–En la cama, lo será.

Allegra emprendió el camino de regreso a la casa de la mano de Draco. El cuerpo aún le vibraba del placer que él le había dado.

¿Cómo había ocurrido?

¿Por qué había permitido que Draco la tocara así? Él había renunciado a satisfacer su propio deseo, ¿no la hacía eso patética? Se había comportado con abandono, lo que demostraba su vulnerabilidad. Se suponía que debía resistirse a él, rechazarle, no provocar una relación íntima. No solo le había provocado, sino que había tenido un orgasmo con él, cosa que no le había ocurrido con ningún otro hombre. Y Draco solo había utilizado un dedo. ¿Qué ocurriría cuando hicieran el acto sexual?

«¿Qué quieres decir con eso de cuando?»

Allegra ignoró su conciencia. Su conciencia no tenía en cuenta que era una mujer de treinta y un años loca por un hombre que le quitaba el sueño.

¿Qué tenía de malo tener una aventura amorosa con el marido? Era una de las ventajas de aquel apaño matrimonial; en realidad, la única. Bueno, quizá hubiera alguna más, pero prefería no pensar en eso por el momento. El sexo no le daría problemas si conseguía no involucrarse emocionalmente, lo que no debería ser mayor problema.

Sí, estaba dispuesta a tener una aventura con Draco. Más que dispuesta. Después de tanto tiempo de celibato, necesitaba darse alguna alegría. Además, haría más llevadero aquel matrimonio de conveniencia saber que una vez que estuvieran solos en el yate harían el amor...

No, realizarían el acto sexual.

Mejor no equivocar los términos. Ella no era dada al romanticismo, ese era el terreno de Emily. Emily era quien soñaba con un príncipe azul, un sueño que no le había hecho ningún favor hasta el momento.

Allegra, por el contrario, era demasiado práctica para creer en esas tonterías; en parte, ese era el motivo de haber alcanzado la edad que tenía sin haberse enamorado nunca. Siempre había evitado involucrarse emocionalmente con los hombres con los que salía. Era una mujer entregada a su trabajo, pero eso no significaba que no necesitara relaciones sexuales. No era saludable. Lo importante era conseguir un equilibrio entre el trabajo y el placer, ¿y qué mejor modo de conseguirlo que estar casada con el atractivo Draco

Papandreou? Eso le permitiría trabajar y, al mismo tiempo, le procuraría placer.

El problema era que temía acabar inclinándose más por el placer que por el trabajo. La idea de volver a Londres, al mal tiempo, al tráfico y a las complicaciones de sus clientes, cuando podía estar tumbada al sol o bañándose en esas aguas cristalinas, no le parecía tan apetecible como antes, desesperada por salir de Grecia después de hacerle una visita a su padre.

El papeleo, las llamadas telefónicas, los correos electrónicos, las prolongadas sesiones en los juicios y la constante tensión... Ahí, en Grecia, podía pasarse el día oyendo el canto de los pájaros, las olas y el murmullo del viento.

Capítulo 5

ALLEGRA se preparó para el día de su boda como cualquier novia, la única diferencia era que el pánico se le había agarrado al estómago. Cada segundo que pasaba, el nudo se agrandaba, tenía los intestinos como una gran bola.

Elena había ido en helicóptero desde Santorini, acompañada de su marido y su hijo Nico, y se había ofrecido para ayudarla a vestirse. Iona, el ama de llaves de Draco, estaba en su elemento, dedicada por completo a Allegra y tratándola como a una hija.

A pesar de sus reservas y de los nervios, la presencia de ambas mujeres tranquilizó a Allegra. Tanto su cuñada como Iona creían que Draco y ella se casaban por amor, y ella no iba a estropearles el día sincerándose con ellas.

Además de Elena e Iona estaban la peluquera y una esteticista que Draco había contratado y después había arreglado el viaje para ambas. Allegra sabía que Draco daba importancia a las apariencias; a pesar de ello, le enterneció que Draco se hubiera tomado la molestia de organizar su viaje y estancia allí. Quizá ella lo hubiera organizado de otro modo, pero le estaba agradecida de todas formas.

No obstante, no fue esa la única sorpresa.

El ruido del helicóptero sobrevolando la villa anunció otra llegada.

Al poco tiempo, cuando Allegra iba a ponerse el vestido, llamaron a la puerta de sus habitaciones.

—Debe ser la dama de honor —dijo Elena sonriendo abiertamente.

—Pero si no voy a tener...

—¡Sorpresa! —exclamó Emily tras abrir la puerta con un vestido colgando del brazo—. La dama de honor ha llegado para cumplir con su deber.

Allegra parpadeó y, de repente, tuvo que contener las lágrimas.

—Em, ¿qué haces aquí? Yo...

—¡No llore! Se le va a estropear el maquillaje —dijo la joven esteticista mientras pasaba un algodón por el rostro de Allegra antes de retocarle el maquillaje del mismo modo que un pintor dando los últimos toques a un valioso lienzo.

Emily le dio a Iona su vestido.

—Hace un par de días, Draco me llamó al trabajo para pedirme que viniera. Me dijo que no te lo dijera, que quería darte una sorpresa.

Era más que una sorpresa. Allegra no comprendía por qué Draco se había tomado la molestia de ponerse en contacto con su amiga y secretaria sin decirle nada. Aunque, por otra parte, Draco no sabía que Emily estaba enterada de que se trataba de un matrimonio de conveniencia. O... ¿se le había escapado a Emily que lo sabía todo?

Cuando la esteticista terminó los retoques del maquillaje, Allegra tomó las manos de Emily en las suyas.

–No sabes lo que me alegra que estés aquí.

Emily sonrió igual que un niño en medio de una tienda de dulces y caramelos con una tarjeta de crédito.

–No me habías dicho lo rico que es Draco. Me ha pagado el vuelo de Londres a Atenas en primera clase, una habitación en un hotel increíble donde me hospedé anoche y he venido en helicóptero desde Atenas aquí, con un sinfín de copas de champán incluidas en el vuelo. Me he sentido como una estrella de cine. Ese hombre es magnífico.

–Em, ¿se lo has dicho?

Emily le guiñó un ojo.

–Y ya verás el vestido. Bueno, en realidad, son tres vestidos, de colores diferentes para que tú elijas el color que más te guste –Emily se acercó a Iona, que había colgado los tres vestidos en perchas forradas con seda–. Rosa, azul claro y crema.

–El rosa –dijo Allegra volviéndose a Elena–. ¿Tú qué opinas, Elena? Creo que es el más adecuado, ¿no te parece?

Elena asintió.

–Sí, el rosa. Se complementa muy bien con la seda crema de tu vestido. Y hablando de tu vestido, será mejor que te lo pongas ya. La ceremonia va a comenzar dentro de unos minutos.

Cuando su cuñada, su amiga y el ama de llaves le colocaron el velo, Allegra se sintió como una princesa. Nunca había tenido tantas atenciones y, sorprendentemente, le gustó. La presencia de Emily significaba mucho para ella. ¿Por qué Draco se había tomado tantas molestias? Daba la impresión de que se preocupaba por ella, que la apreciaba. O... ¿le preocupaba solo lo que la gente pudiera pensar de su precipitada boda?

Elena e Iona se adelantaron para ocupar su lugar en los asientos de terciopelo colocados a ambos lados de una alfombra roja en la zona más formal de los jardines.

Emily se quedó con ella antes de salir unos minutos después.

–Estás guapísima, encanto. Pareces salida de una foto de una de esas revistas de novias.

Allegra tomó las manos de su amiga una vez más.

–No le has dicho que lo sabes todo, ¿verdad?

–No. Pero aunque me quitara las lentes de contacto vería que estás medio enamorada de él, sino estás enamorada del todo ya –contestó Emily–. Es muy especial, ¿verdad? Y qué sonrisa tiene. Yo misma estoy medio enamorada de él también.

Emily guiñó un ojo y añadió:

–Lo digo en broma.

Allegra respiró hondo y se alisó la falda del vestido.

–¿En serio estoy bien? No me hace gorda el vestido, ¿verdad? Lo compré a toda prisa durante la hora del almuerzo y no sé si no debería...

–Estás increíble –la interrumpió Emily–. El vestido te sienta a la perfección. Te marca todo lo que odio de ti: el pecho, las caderas, esas nalgas tan pequeñas que tienes... En serio, cariño, a Draco se le van a salir los ojos.

Allegra se ajustó el escote.

–Lo único que pido es que no se me salga el pecho del escote.

Poco tiempo después, Allegra estaba delante de la

alfombra roja con su padre y los nervios agarrados al estómago. Aunque estaba encantada de que Emily hubiera ido a la isla y agradecida a Elena e Iona por sus atenciones, el hecho era que se trataba de una boda forzada. A pesar de que se iba a casar con Draco, el hombre más atractivo y sexy que había visto en su vida.

Sí, el problema era Draco.

Draco tenía demasiado poder sobre ella. Demasiado poder sexual, que había demostrado con sorprendente habilidad. El pulso se le había acelerado al verle con ese traje y pajarita. Y cuando sus miradas se encontraron, él esbozó una sonrisa que se le antojó triunfal en vez de mostrar la emoción que ella quería ver.

Pero no debía olvidar que Draco ni siquiera le caía bien. No, no le caía bien. Además, casarse con un hombre solo porque este quería finalizar un negocio era humillante.

–¿Lista? ¿Vamos? –le preguntó su padre.

–Podría haber hecho esto yo sola –dijo Allegra en voz baja para que nadie pudiera oírle–. Eso de que los padres acompañen a sus hijas y las entreguen a los novios me parece una costumbre feudal.

Su padre le apretó el brazo con tal fuerza que llegó a hacerle daño.

–No me estropees la fiesta, Allegra. Llevo años esperando este día. No creía que fuera a ocurrir nunca.

Allegra respiró hondo, dolida por el velado tono crítico de su padre.

–Me caso por Elena y Nico. Quiero que lo sepas.

–Deberías estar agradecida de que haya sido Draco

quien ganó –respondió su padre con acritud–. Había un par de tipos de dudosa reputación interesados también por ti, pero Draco fue el único que habló de matrimonio y ofreció condiciones más ventajosas.

Un escalofrío le recorrió el cuerpo. ¿Qué había querido decir su padre con eso de que Draco había ganado?

–¿Qué?

–Ahora no es el momento de hablar de esto –le dijo su padre–. Pregúntale a Draco más tarde.

Entonces, inexorablemente, su padre la obligó a caminar hacia Draco.

Draco había esperado que Allegra estuviera hermosa, siempre había sabido que sería una novia espectacular. Y Allegra no le decepcionó. Con ese vestido de seda color crema parecía salida de un cuento de hadas. El sencillo velo le cubría el rostro y por la espalda le caía como una nube. Llevaba el cabello recogido en un moño adornado con una corona pequeña que le confería el aspecto de una princesa.

Draco esbozó una sonrisa de gozo. No obstante, no iba a permitir que Allegra pensara que él consideraba aquella ceremonia algo más que el medio para alcanzar un fin.

El trato se inclinaba a su favor, que era lo que quería. Así era como hacía negocios y, a fin de cuentas, ese matrimonio era una cuestión de negocios y él era quien salía ganando con la transacción, Allegra no necesitaba su fortuna ni su estatus. Él se había aprovechado del deseo de ella de complacer a su padre;

cosa que, en su opinión, este no se merecía. Cosimo Kallas era un narcisista obsesionado consigo mismo, se había casado con Elena porque era joven, guapa y él le gustaba.

«Y tú has elegido a Allegra por lo mismo».

Draco rechazó esa idea inmediatamente. No se casaba con Allegra solo por eso, también porque la conocía desde hacía años, la admiraba, la respetaba y la deseaba.

Además, los problemas económicos de Cosimo Kallas y, sobre todo, el bienestar de Allegra necesitaban una solución rápida. Si él no le hubiera propuesto el matrimonio, otro hombre se habría aprovechado de ella con nefastos propósitos. El mundo de los negocios era cruel y carente de conciencia. Conocía lo suficiente a algunos ricos y poderosos acreedores para saber que no dudarían en explotar las deudas de Cosimo para obligar a Allegra a acostarse con ellos. Si a Allegra le parecía mal casarse con él, no quería imaginar lo que ella pensaría si tuviera que enfrentarse a las alternativas.

De esta forma, esa posibilidad desaparecía. Además, sus vidas serían suficientemente independientes. Le gustaba que Allegra trabajara y tuviera obligaciones; de esa manera, él disponía de libertad para dedicarse a lo suyo. Estaba dispuesto a ser fiel porque no veía motivo para no serlo ya que su matrimonio iba a ser breve.

Otra ventaja era la atracción que sentían el uno por el otro y esperaba que, con la intimidad, incrementara. Estaba deseando que acabara la ceremonia y el banquete, quedarse a solas con ella y consumar el matrimonio. Allegra le deseaba. ¿No lo había demostrado en la playa? Su relación se basaría en el mutuo deseo sexual.

El cuarteto de cuerda comenzó a tocar la marcha nupcial. Emily inició el paseo por la alfombra roja, pero él no podía apartar los ojos de Allegra, que esperaba acompañada de su padre para caminar hacia él. ¿Había visto alguna vez a una mujer más hermosa que Allegra? Parecía una novia sacada de una película en blanco y negro. Le brillaba la piel, el maquillaje añadía intensidad al azul de sus ojos, su altura le confería un aspecto aristocrático y el rosado de sus labios, con el lunar, parecían hechos para ser besados. El vestido de seda seguía los movimientos del cuerpo de Allegra y a él le picaron las manos al imaginarse a sí mismo desvistiéndola para acariciar aquellas deliciosas curvas.

Draco respiró hondo y le sorprendió notar que se le había cerrado la garganta. Jamás se había emocionado en una boda, le recordaban demasiado a su exnovia, a las esperanzas y la energía que había invertido en aquella relación que había fracasado rotundamente, a su juvenil inocencia... Había asistido a bodas de amigos, colegas y gente con la que había hecho negocios, y nunca había sentido un nudo en la garganta. Era como si su vida hubiera estado encaminada a culminar en ese momento, como si todos los caminos le hubieran conducido a ese lugar, a esa persona que se acercaba a él.

Allegra se detuvo a su lado y, a través del velo, le miró a los ojos y le dedicó una temblorosa sonrisa que se le clavó en el pecho.

–Hola.

Draco tuvo que aclararse la garganta antes de hablar. La incertidumbre que vio en la mirada de ella, el ligero temblor de su voz, le hizo preguntarse si Allegra se veía presa de la misma e inesperada emoción que sentía él.

–Estás preciosa.

El sacerdote, con una amplia sonrisa, dio un paso hacia delante.

–Queridos fieles, estamos aquí congregados para...

Por fin llegó el momento de besar a la novia. Draco se acercó a Allegra y selló sus labios con un beso único en su experiencia; no debido a la solemnidad del momento ni a la presencia de los invitados, sino por el elemento sagrado del beso. Se habían hecho promesas el uno al otro y las habían sellado con el beso. Los labios de Allegra se aferraron a los suyos, sintió la mano de ella en su pecho a la altura del corazón.

Allegra olía a flores estivales y sus labios sabían a fresa. Mientras la abrazaba, rezó para que bajara su erección y así poder darse la vuelta y reunirse con los invitados. Prolongar el beso en la ceremonia nupcial siempre le había parecido de mal gusto, pero en esos momentos deseó que el tiempo se detuviese. Quería seguir allí y consumir la boca de Allegra hasta que la ardiente exigencia de su cuerpo se disipara... cosa que dudaba.

Se apartó de ella ligeramente y le puso las manos a ambos lados del rostro. Los ojos de Allegra brillaban como si estuviera a punto de llorar.

–*Yia sou*, Kyria Papandreou –dijo él.

Allegra pareció contener las lágrimas con un parpadeo.

–Gracias por traer a Emily. Significa mucho para mí. Y gracias por... todo lo demás.

¿Era ese el motivo de que Allegra estuviera tan emocionada? Se sintió desilusionado. Claro que era por eso, porque su amiga estaba allí. Se había encargado de todo con el fin de que Emily estuviera en la boda porque Allegra no contaba con el apoyo de una madre; además, ¿qué novia se casaba sin una dama de honor? Él había hecho lo mismo con su mejor amigo, pedirle que fuera el padrino; por lo tanto, le había parecido justo que Allegra también tuviera a su lado a una persona en la que confiaba y a la que quería.

–De nada, ha sido un placer –respondió Draco–. Se me ha ocurrido que podría hacer buena pareja con uno de mis amigos y compañero de la universidad, Loukas Kyprianos. Le gustan las inglesas.

–Aunque haya sido por eso, sigo agradeciéndote que te hayas tomado tantas molestias.

Draco la agarró del brazo y juntos se volvieron de cara a los invitados.

–¿Te parece que empecemos la fiesta?

Fue una excelente fiesta, pensó Allegra, a pesar de pasar la mayor parte del tiempo preguntándose cuáles eran los verdaderos motivos que habían impulsado a Draco a casarse con ella. No había conseguido quedarse a solas con él por lo que no había podido pedirle que explicara el significado de lo que su padre le había dicho. No obstante, aunque sabía que Draco podía ser implacable, también le conocía lo suficiente para saber que nunca cometería un acto delictivo. ¿Quiénes eran esos hombres que podrían haberla chantajeado y obligado a acostarse con ellos de no haber sido por la intervención de Draco? La idea de verse a sí misma en la cama con uno de los asociados de su padre era repugnante. Y si Draco no le hubiera propuesto matrimonio, ¿habría esperado su padre que se hubiera sometido a semejante vejación?

¿Había algún otro motivo por el que Draco le había ofrecido el matrimonio?

No. ¿Por qué si no había insistido en que su unión iba a ser solo temporal? Draco la deseaba, pero no la quería. Había hecho un gesto honorable, pero prometer amor y protección durante el resto de sus vidas era ir demasiado lejos.

Allegra, confusa, paseó la mirada por los invitados. A los griegos no les costaba ningún esfuerzo divertirse en las fiestas siempre que estuvieran rodeados de familiares y que hubiera comida y bebida. Aunque, por supuesto, allí no había ningún pariente de Draco. De repente, le sorprendió lo solo que él estaba; tenía amigos y asociados, pero no familiares. En las bodas, los familiares de ambos novios se juntaban para celebrar la unión.

Súbitamente echó de menos a su madre, a pesar de que esta nunca había sido una madre en el propio sentido de la palabra, pero añoraba a la madre que podría haber sido si las cosas hubieran sido diferentes. Y, por extraño que pareciera, tenía la sensación de que Draco le habría gustado. Draco era fuerte y disciplinado, al contrario que su padre, que tenía la tendencia a preocuparse solo por sí mismo. Draco tampoco era pretencioso, hacía cosas sin que nadie se enterara. ¿Le habría contado voluntariamente lo de esos otros hombres? Ni siquiera le había explicado su relación con Iona, había sido esta quien se lo había contado. Iona, mientras la había ayudado a vestirse para la ceremonia, también le había confesado que Draco le había hecho un plan de pensión con el fin de que tuviera una holgada jubilación.

Del brazo de Draco, recibió las felicitaciones de varios de los invitados. Y, como si Iona hubiera presentido que había pensado en ella, se acercó a ellos con las mejillas enrojecidas por el champán y los ojos brillando de felicidad. Agarró las manos de ambos con los ojos humedecidos por las lágrimas.

—Les deseo que sean felices, que se lleven bien, que sean buenos amigos.

Draco bajó la cabeza y besó a su ama de llaves en ambas mejillas.

—Así será. Lo prometo.

Allegra esperó a que Iona se alejara para charlar con otros invitados antes de alzar el rostro y mirar a Draco.

—Es una suerte para Iona tenerte. Me ha dicho que ahora estaría pidiendo limosna en la calle de no haber sido por ti.

Draco apartó el brazo de su cintura y le agarró la mano, acariciándosela con el pulgar.

—Lo que Iona necesitaba cuando su marido la dejó por una mujer más joven era una abogada como tú. Me recuerda a mi madre. Es una buena mujer, leal y trabajadora –Draco se quedó pensativo un momento–. Casi nunca hablas de tu madre. ¿No os llevabais bien?

Allegra hizo una mueca de disgusto.

–Mi madre nunca se sobrepuso a la muerte de mi hermano, la destruyó. Perdió las ganas de vivir. Mi padre ni reconoció ni reconocerá nunca que se suicidó, sigue empeñado en que fue un accidente debido a una sobredosis, que es lo que el médico puso en el certificado de defunción. Pero yo sé que no fue así, mi madre quería morir, no quería continuar viviendo.

Draco le agarró la mano como si se tratara de algo frágil y único.

–Debió ser muy duro para ti perder a tu madre en semejantes circunstancias. Sobre todo, teniendo en cuenta que tu padre no es precisamente paternal.

–Sí, bueno, el quería un hijo y heredero varón y, cuando mi hermano enfermó, quiso tener otro que, en el peor de los casos, le reemplazara. Pero en vez de un varón me tuvo a mí, una hembra que no estaba interesada en su negocio.

Draco arrugó el ceño.

–No es posible que tu padre te dijera...

–No tuvo que hacerlo –interrumpió Allegra–, lo entendí perfectamente sin que tuviera que decírmelo. Incluso mi madre, en los días malos, me dejó muy claro que yo les había decepcionado. Por eso me enviaron a un internado en Inglaterra cuando todavía era pequeña. Mi madre quería tenerme lejos para no recordarle constantemente su fracaso por no dar a luz un varón. Además, después de tenerme a mí, ya no pudo tener más hijos, se le desgarró el útero durante el parto y tuvieron que hacerle una histerectomía. De eso me enteré con el tiempo y me hizo entender muchas cosas respecto a mi infancia. Mi madre no era efusiva; sin embargo, había muchas fotos de ella abrazando a mi hermano. Cuando él murió, a mí las únicas personas que me abrazaban eran las niñeras.

¿Había hablado demasiado de sí misma? Ya casi nunca hacía comentarios sobre su infancia, ni siquiera con Emily. No le gustaba hacerse la víctima; no obstante, crecer sin amor paterno seguía marcándola. Pensaba poco en ello, pero cuando veía a alguien relacionándose con sus padres, en particular con su madre, esa herida volvía a abrirse. Draco y ella tenían eso en común, habían perdido a sus madres de pequeños. Si alguien podía comprenderla era Draco.

Draco lanzó un suspiro y le acarició las manos sosteniéndole la mirada.

—Siempre he admirado lo bien que te has manejado en la vida; sobre todo, teniendo en cuenta las trágicas circunstancias en las que naciste. Pero no tenía idea de que sintieras tal carencia de cariño.

«Y ahora me he casado con un hombre que no me quiere. Qué suerte tengo».

—Debo ser justa, creo que mi padre me quiere a su manera; al menos, ahora que por mí se ha salvado su adorado negocio —Allegra le devolvió la mirada con un «nada de secretos» en los ojos—. Mi padre me ha dicho que había otros hombres que tenían puestos los ojos en mí. ¿Por qué no me lo has dicho?

Draco volvió a fruncir el ceño con expresión pensativa.

—No quería que te preocuparas por eso. El problema ya está resuelto.

–Ha sido un gesto muy honorable...

Draco encogió los hombros quitándole importancia al asunto.

–Supuse que «mejor lo malo conocido...» –respondió él con expresión inescrutable.

–Estoy empezando a pensar que no te conozco en absoluto. Eres una cajita de sorpresas.

–No le des demasiada importancia a mi comportamiento –dijo él con expresión difícil de interpretar–. Tu padre no es una de mis personas favoritas; no obstante, a veces he excusado su comportamiento porque sé lo duro que debió ser perder a su hijo. Es algo difícil de superar. Aunque ahora parece haberlo conseguido.

–Sí, sus aventuras amorosas eran lo que le procuraban consuelo –dijo Allegra–. A mi madre no parecía importarle, lo aceptaba como si fuera algo normal. Aunque yo era pequeña, a mí sí me molestaba. Solía preguntarme si mi madre habría superado el trauma de perder un hijo si mi padre le hubiera sido fiel.

–Quizá sí o quizás no, depende –Draco le apretó la mano cariñosamente–. Qué conversación el día de nuestra boda, ¿eh?

Allegra sonrió.

–No es una boda normal, ¿no te parece? Me he sentido culpable cuando Iona nos ha felicitado. Espero que acabe detestándome cuando se entere de que no estoy locamente enamorada de ti como lo están las demás mujeres del planeta.

Draco la miró con una fijeza que la hizo presentir que veía en sus ojos más de lo que ella quería que viera. El corazón comenzó a latirle con fuerza. ¿Se había traicionado a sí misma? ¿Le había mostrado lo vulnerable que él la hacía sentir? No solo por la atracción física, sino también por los sentimientos respecto a él que no podía controlar.

No debía enamorarse de Draco. No podía hacerlo. No podía. No podía. Él no la correspondería jamás. Draco había echado la llave a las puertas de su corazón y mejor no olvidarlo. No se había casado con ella solo por la cuestión física, pero no la amaba. Draco la estaba protegiendo como habría hecho cualquier hombre decente. A lo más que podía aspirar era a que el deseo de Draco por ella durase un tiempo, pero era una débil esperanza.

Entonces, Draco volvió a entrelazar el brazo con el suyo.

–¿No tienes que lanzar el ramo de flores?

Capítulo 6

EL SOL se ocultaba por el horizonte cuando Draco empezó a sacar el lujoso barco del embarcadero de su isla. Allegra, a su lado y con un chal sobre los hombros, agitó la mano a modo de despedida de los invitados que se habían congregado en el muelle y en la playa, incluida Emily, que sujetaba orgullosa el ramo de la novia.

Emily estaba cerca del padrino de Draco, Loukas Kyprianos, no apartaba los ojos de él, parecía como si no pudiera creer lo que estaba viendo. Al contrario que Draco, que tenía la tendencia a sonreír, Loukas era más reservado, daba la impresión de ser un hombre que prefería estar solo. Emily no era la clase de chica que perdía el sentido por un hombre bien parecido, pero se inclinaba por los hombres que albergaban secretos, ella también tenía alguno que otro.

Draco maniobró el barco en dirección oeste, a la puesta de un sol que parecía una bola de fuego suspendida en un horizonte azul brumoso. Unas nubes reflejaban los rayos dorados del sol sobre la superficie del mar y los grises y azules arriba, en el firmamento.

Una suave brisa le revolvía el cabello, que parecía debatirse entre permanecer sujeto en el moño o soltarse y caer por sus hombros y espalda. Se apartó unas hebras de la cara y resistió la tentación de cubrir la mano que Draco tenía en el timón.

Draco le sonrió.

–¿Estás bien? ¿Te mareas en los barcos?

Ella sacudió la cabeza.

–No, no suelo marearme. Aunque creo que será mejor no decirlo en voz alta por si acaso.

–Ya verás como no te mareas. Según el informe meteorológico, el tiempo va a seguir siendo bueno –Draco desvió la mirada hacia el embarcadero–. ¿Qué tal Emily con Loukas?

Allegra ladeó la cabeza.

–¿Te has propuesto que liguen?

Draco se encogió de hombros.

–Si ligan, bien. Si no, también.

–Loukas no parece necesitar ayuda para eso –dijo Allegra–. ¿Quién es? Su cara me resulta familiar, pero no recuerdo haberle visto nunca.

–Pasa desapercibido; mejor dicho, lo intenta –respondió Draco–. Nos conocimos en la universidad. Yo estudiaba Economía y él, Ingeniería Informática. Loukas ha diseñado algunos de los sistemas de seguridad más sofisticados del mundo. Son tan seguros que la mayoría de las agencias gubernamentales, como el MI5 y el FBI, utilizan los sistemas desarrollados por él.

«Buena suerte, Em».

–¿Y está buscando una mujer con la que casarse? –preguntó Allegra.

Draco esbozó una ladeada sonrisa.

–No, Loukas no hace eso. Sus padres se divorciaron cuando él era pequeño y, al parecer, fue un proceso muy doloroso, lleno de recriminaciones y uno de esos a los que ambas partes utilizan al niño. Loukas nunca habla de ello y yo, por supuesto, no le pregunto. Tanto su padre como su madre volvieron a casarse y volvieron a divorciarse, su padre lo ha hecho varias veces. Lo único que sé es que Loukas no se casará nunca. No puedes imaginar lo que me costó convencerle de que viniera a nuestra boda, fue como si le hubiera invitado a una lobotomía.

—¿Le has dicho que ha sido un matrimonio de...?

—No —respondió él tajantemente—. Somos amigos, pero no tanto. Nadie es amigo de Loukas hasta ese extremo. Absolutamente nadie.

Allegra se mordió los labios mientras contemplaba el horizonte. ¿Por qué Draco no le había dicho a su mejor amigo qué clase de matrimonio era el suyo? ¿Era realmente por lo reservado que era Loukas? ¿Por qué no contarle a su amigo la verdad? ¿O lo había hecho para protegerla, para que nadie le tuviera lástima?

—Yo sí se lo he dicho a Emily.

—Lo sé.

—¿Lo sabes? —Allegra, sorprendida, lo miró.

—Imaginé que lo harías. Es una chica estupenda, parece tener la cabeza sobre los hombros.

—¿Sabe ella que lo sabes?

—No.

—Perdona, pero no podía mentirle —confesó Allegra—. Al resto, sí; pero a Em, no. Además, se habría dado cuenta de todas maneras. Sabe que no soy la clase de persona que se enamora de un día para otro. Pero no te preocupes, no se lo dirá a nadie. Emily es completamente de fiar y una amiga leal.

–Me alegra saberlo.

Se hizo un silencio en el que solo se oían las olas del mar batiendo suavemente la cubierta de la embarcación.

–¿Quieres ponerte al timón un rato? –le preguntó Draco.

–No sé... ¿Y si me choco con otro barco?

–No hay ningún barco a la vista. Vamos, ponte delante de mí y te ayudaré a manejar el timón.

Allegra se colocó delante del timón y él detrás de ella con los brazos a ambos lados de su cuerpo y las manos sobre las suyas agarradas al timón. ¡Quién habría dicho que manejar un barco pudiera ser tan excitante! El cálido cuerpo de Draco hizo que cada terminación nerviosa de su sexo estuviera dispuesta para la faena. Las grandes manos de él, de dedos largos y fuertes, cubrían las suyas por completo.

Tenía las nalgas pegadas a él, su hinchado miembro le recordó lo que le esperaba. Se estremeció cuando Draco se pegó más a ella y le raspó la mejilla con la barba incipiente mientras la ayudaba a esquivar una ola mayor que las otras. El barco se mecía sobre el agua, apretándola más contra él, obnubilándole los sentidos.

–Te deseo –dijo Draco.

–Jamás lo habría adivinado.

Él lanzó una suave carcajada.

–Descarada –Draco le lamió la oreja y la hizo temblar–. En realidad, te deseo desde aquella noche en Londres.

A Allegra se le erizó la piel cuando él le mordisqueó el lóbulo de la oreja.

–Qué extraño, no lo noté.

Draco le besó la nuca.

–¿Y ahora? ¿Lo notas?

–Creo que la luna de miel está a punto de empezar.

Draco la hizo volverse para darle la cara, sus ojos parecían una pintura negra.

–Será mejor que eche el ancla.

Allegra le rodeó el cuello con los brazos y le dedicó una sonrisa sensual.

–Se me ocurre algo mejor.

Él sonrió y le dio un breve beso en la boca.

–Ve abajo, yo iré tan pronto como termine de echar el ancla y de organizar esto.

Allegra bajó a la zona salón del yate en la que había un bar, sofás y un televisor grande; parte de la estancia estaba dedicada a la cocina y había otra zona separada que hacía de comedor. El dormitorio principal, cuatro en total, era enorme.

El lujo no era algo a lo que estuviera desacostumbrada, pero nunca había visto un yate como el de Draco: sofás y otomanos de cuero, lámparas Swarovski y espesas alfombras color crema; en cubierta, una piscina caliente y un spa en el baño de la cabina principal.

Vio una botella de champán en una cubeta para el hielo de plata y dos copas al lado que habían dejado los empleados de Draco; también les habían llevado el equipaje, habían deshecho las maletas y habían colocado toda la ropa en los armarios del camarote principal. El frigorífico y la alacena estaban llenos de comida, tanto fresca como cocinada, y de vino y champán como para un regimiento.

La enorme cama del camarote principal la hizo estremecer con la misma excitación que sintió al oír a Draco decir que la deseaba desde aquella noche en Londres seis meses atrás. Creía que se había reído de ella por esperar tanto y por estirar la copa de vino una hora. Pero detrás de ese brillo en los ojos había habido deseo. ¿Qué había visto Draco en ella que despertara su interés? ¿Se había dado cuenta entonces de que podía serle útil como esposa?

No. Ahora sabía que los motivos de Draco habían sido honorables. ¿Por qué lo había hecho? Draco, en realidad, había salvado a su padre y, de paso, a ella también.

Allegra se sentó en la cama y suspiró. ¿Por qué le molestaba que Draco no estuviera enamorado de ella? Para mucha gente el sexo no tenía nada que ver con el amor y tampoco era un requisito para el matrimonio. Otros se conformaban con que su unión se basara en la camaradería y el respeto mutuo. Además, el amor no duraba mucho, el deslumbre se disipaba en un par de años como mucho; después, con suerte, era sustituido por el cariño. Por supuesto, no creía que su matrimonio durara más que eso.

No estaba enamorada de Draco, pero... ¿y si sucumbía a su irresistible encanto? Le había contado más cosas sobre sí misma que a ninguna otra persona. De hecho, Draco le caía bien, muy bien. Le gustaban su compañía, su sonrisa, su mirada, su cuerpo...

¡Y qué cuerpo!

El corazón le latió con fuerza al oír las pisadas de él. ¿Por qué no se le había ocurrido comprar lencería sexy? Porque había pensado en resistirse a él, pero

¿cuánto había durado? Un beso. ¡Un beso! ¿Y si fracasaba en la cama? ¿Y si no lograba tener un orgasmo con él? ¿Y si tardaba siglos y Draco se cansaba y ella acababa teniendo que fingir una vez más? Entonces, se avergonzaría de sí misma y se pondría más nerviosa de ahí en adelante y...

La puerta del camarote se abrió y Allegra se puso en pie de un salto.

–Mmmm... Creo que voy a tomar una copa. ¿Te apetece un poco de champán? A mí sí. El que tenemos es muy bueno, incluso he visitado ese viñedo. Era precioso, estaba en un lugar muy pintoresco.

Allegra, presa de un ataque de nervios y timidez, comenzó a desarticular el aro metálico que rodeaba el corcho.

Draco se le acercó, le quitó la botella y volvió a dejarla en la cubeta. Después, le puso las manos en la cintura y la miró con ternura.

–Estás nerviosa –declaró él.

Allegra se mordió los labios mientras sentía un profundo calor en las mejillas.

–Lo de la playa ha podido ser una excepción, puede que no lo vuelva a conseguir.

–Nadie tiene prisa aquí, *ágape mou*. Puedes decirme lo que quieras, lo que necesites. Ni siquiera tenemos que hacerlo esta noche si no te apetece. Hemos tenido un día muy ajetreado.

–¿Quieres que...?

Draco le acarició la mejilla.

–Claro que quiero, pero no si a ti no te apetece.

«Me apetece desde que cumplí dieciséis años».

Allegra clavó los ojos en la boca de él.

–No he traído lencería bonita.

–¿Crees que lo notaría? –Draco sonrió–. Solo quiero verte a ti.

Allegra tembló al ver un profundo deseo en los ojos de él. Deseo por la carne de una mujer.

Le rodeó el cuello con los brazos y se frotó el cuerpo con el de Draco.

–Hazme el amor... por favor.

Draco le dio un beso que hablaba de la profunda pasión que apenas podía contener. Restregó los labios contra los de ella y después, con la lengua, se los abrió. Le acarició la lengua con la suya, despertando sus sentidos. Ella jadeó en la boca de Draco mientras le empujaba con las caderas. Draco le puso las manos en la cintura y en las caderas, tirando de ella hacia sí para hacerla sentir su erección. El erotismo despertó todas y cada una de las terminaciones nerviosas de su cuerpo.

Draco profundizó el beso con un empellón de la lengua, un movimiento que hizo que su sexo se humedeciera al instante, una respuesta instintiva e involuntaria que demostraba su anhelo y desesperación.

Con una mano, Draco la despojó del vestido y este cayó arremolinado a sus pies. Rápidamente, ella comenzó a desabrocharle los botones de la camisa, la ansiedad entorpeciéndole la tarea. Con cada botón que desabrochaba le daba un beso en el pecho e inhalaba el intoxicante aroma de él con una mezcla de olor a lima y a cuero.

Draco le quitó el sujetador y, con ternura, le tomó los pechos con ambas manos. Apartó la boca de la suya y la paseó por su garganta y sus senos. La barba incipiente de Draco le raspó la piel y ella gimió de

placer. Draco abrió la boca y le chupó un pezón, exci-
tándola más y más; le besó ambos pechos y ella tembló de pies a cabeza.

Nunca nadie había prestado tanta atención a sus
senos, nunca nadie los había acariciado con tanta pasión, nunca nadie los había tocado y besado con tanto
respeto.

Draco volvió a besarle la boca, sometiéndola a otra
concienzuda exploración, mientras sus lenguas danza-
ban hasta que su deseo por él se tornó casi insoportable.

La pasión la hizo gemir y, enfebrecida, acarició el
cuerpo de él. Al ir a desabrocharle el cinturón, paseó las
manos por el liso vientre de Draco, por su vello viril.

Draco, dispuesto a ayudarla, se quitó la camisa, se
bajó la cremallera de los pantalones y se los quitó
antes de despojarse de los zapatos y los calcetines.

A Allegra le enterneció el hecho de que Draco se
hubiera desnudado primero antes de quitarle las bra-
gas. Demostraba una sensibilidad que nunca había
visto en otros amantes. Draco esperó a estar completamente desnudo para ponerle las manos en las caderas y bajárselas.

Él paseó la mirada por todo su cuerpo, el deseo era
casi tangible en sus ojos. Allegra se abrazó a él, la
erección de Draco contra su vientre.

Draco la guio hacia la cama, la hizo tumbarse y
después se colocó a su lado. Entonces, le puso una
mano en la tripa, muy cerca del centro de su femini-
dad.

—No quiero meterte prisa —declaró él.

«¡Méteme prisa! ¡Méteme prisa!»

Allegra había perdido el don de la palabra, lo único

que salió de su garganta fueron jadeos y pequeños gritos cuando Draco bajó la mano. Contuvo la respiración cuando él le cubrió el ombligo con la boca y comenzó a chupárselo.

Draco bajó la boca hasta su sexo, se lo lamió y, después, le separó los labios mayores con las manos y comenzó a besarle el clítoris, causando una multitud de sensaciones que la sacudieron como si fuera una muñeca de trapo. Se arqueó y gritó cuando su carne rompió en un canto que resonó en todo su cuerpo hasta que, por fin, se aquietó, dejándola lánguida y con sensación de flotar.

Allegra acarició el miembro de Draco, suplicándole silenciosamente que la penetrara. Tras un momento, Draco le apartó la mano con suavidad.

—¿Estás tomando la píldora o quieres que me ponga un preservativo?

—Estoy tomando una dosis baja para regular mi ciclo.

—En ese caso, creo que deberíamos utilizar protección; al menos, por el momento.

A Allegra le enterneció que él le hubiera ofrecido una elección y no la hubiera penetrado sin consultar con ella antes sobre medidas anticonceptivas.

Draco sacó un preservativo del cajón de la mesilla de noche y se lo puso. Después, se colocó sobre ella, pero ladeándose para no cargarla con todo su peso.

Eso fue otra cosa que le sorprendió. ¿Cuántas veces sus amantes la habían montado sin prestar atención a su comodidad?

Draco le apartó el cabello del rostro, la miró con pasión, pero también con una preocupación propia de un hombre que tenía en cuenta el consentimiento de ella en cada momento del acto sexual.

–Si prefieres que no sigamos no tienes más que decírmelo.

Allegra enterró las manos en los espesos cabellos de él.

–Si te paras ahora jamás te lo perdonaré. Te deseo. Te deseo, te deseo.

Sintió un hormigueo en el vientre al ver la sonrisa ladeada de Draco. Él le dio un beso embriagador que aumentó su deseo hasta hacerla retorcerse y arquearse en busca de lo que anhelaba. Por fin, Draco la penetró con un suave, pero firme empellón y ella jadeó de excitación y alivio. Su cuerpo le dio la bienvenida, cerniéndose sobre él como si no quisiera soltarle nunca. Draco se adentró más en ella, más y más, y aceleró el ritmo de sus empellones.

Allegra le acompañó en todo momento, era parte de él, estaba consumida por las sensaciones que le recorrían el cuerpo de pies a cabeza. Se sintió al borde de un precipicio sin lograr saltar al abismo. Gimió y arqueó las caderas, cambió de postura con el fin de poder levantar el vuelo.

Draco colocó una mano entre sus cuerpos, le acarició el clítoris y, por fin, Allegra voló. Fuegos artificiales, rayos de luz, corrientes eléctricas... sintió todo eso en su cuerpo. La razón la abandonó; en esos momentos, toda ella era carne y sensaciones. Sensaciones que acompañaron el último empellón de Draco.

Él se puso tenso, entregándose al placer del orgasmo, abrazado a ella hasta que, por fin, las oleadas de placer fueron desvaneciéndose.

Allegra pensó que nunca se había sentido tan unida a otra persona. Su cuerpo había respondido al de Draco como nunca antes lo había hecho con ningún hombre y, en ese momento, se dio cuenta de que no se trataba solo de sexo. Habían hecho el amor. Draco había venerado su cuerpo, no lo había explotado. Lo había acariciado, no la había forzado. Lo había respetado y había despertado en ella una pasión que jamás había sentido con otro hombre. Nunca había deseado a nadie tanto como a Draco, nunca había respondido así a las caricias y los tocamientos sexuales.

Draco se ladeó ligeramente apoyándose en un codo y con la mano del otro brazo le acarició una mejilla. La miró intensamente a los ojos, haciéndola sentirse más unida a él si cabía. Le pareció que veía a Draco tal y como era y le gustó lo que veía.

—Has estado maravillosa.

Allegra sonrió tímidamente. Era una tontería sentir timidez después de lo que habían hecho, no obstante...

—Supongo que tus amantes no suelen quejarse de ti.

Draco le acarició los cabellos, haciéndola temblar de placer.

—Es muy importante tener en cuenta las necesidades del otro, lo que le gusta a una mujer puede que no le guste a otra. La comunicación es fundamental, igual que lo es el respeto.

Allegra acarició la escultural perfección de los labios de Draco y sintió una punzada de deseo al recordar el éxtasis que esa boca le había procurado. El placer de la carne aún resonaba en todo su cuerpo.

De repente un pensamiento le asaltó. ¿Y si dejaba

de satisfacer a Draco? ¿Y si Draco se cansaba de ella y se iba con otra? Había sido testigo de la vergüenza que había sentido su madre al verse rechazada por su esposo, lo que la había deprimido más y la había hastiado de la vida. Por su parte, se había preguntado si su padre, dada su incapacidad para reconfortar y apoyar a su esposa, no había sido culpable hasta cierto punto del suicidio de esta. Y se preguntó si él sería capaz de apoyar a Elena.

Draco le acarició la frente.

—Ya estás otra vez con el ceño fruncido. ¿Qué te pasa?

—Nada —respondió Allegra tras un suspiro.

Draco le puso el dedo pulgar en el labio inferior y se lo acarició.

—Dímelo, *agape mou*. También es bueno comunicarse emocionalmente, no solo físicamente. ¿No te parece?

Allegra le miró fijamente la barbilla, no se atrevió a mirarlo a los ojos.

—Me estaba preguntando cuánto va a durar esto.

—¿Esto?

Allegra se lamió el labio inferior, saboreó la sal del pulgar de Draco.

—Nosotros. Nuestra relación sexual. La pasión, con el tiempo, se disipa. ¿Qué vas a hacer entonces? ¿Te vas a ir con otra?

Draco arrugó la frente.

—¿No me has oído prometerte hoy mismo serte fiel? Mientras estemos casados te seré fiel y espero que tú hagas lo mismo.

«Mientras estemos casados». Allegra lo miró a los

ojos con la esperanza de que Draco hubiera sido sincero. Pero ¿cómo podía estar segura?

–Nuestra situación es algo especial –insistió ella–. Las bases de nuestro matrimonio son distintas a la de la mayoría de las parejas. ¿Y si te enamoras de otra? Podrías encontrar a una mujer en el trabajo o en otra parte y...

Draco le agarró una hebra de cabello y jugueteó con ella.

–¿Y si te enamoras tú de otro?

Le costó un gran esfuerzo aguantarle la mirada. Se apartó de él, bajó las piernas de la cama y alargó el brazo para agarrar algo con lo que cubrir su desnudez. La camisa de Draco fue lo que encontró más a mano, se la puso y se cubrió sin abrocharse los botones.

¿Cómo podía enamorarse de otro cuando solo podía pensar en Draco?

–Creo que eso es muy poco probable.

–En ese caso, ¿por qué piensas que me puede ocurrir a mí?

–Porque ocurre y es algo que no se puede controlar –contestó Allegra–. Lo sé por experiencia, a muchos de mis clientes les ha pasado que, de repente, conocen a otra persona y adiós matrimonio. Y a la mayoría no les había pasado por la cabeza que eso pudiera ocurrirles a ellos. Muchas mujeres se ven abandonadas porque sus maridos se encaprichan de otras más jóvenes y guapas que ellas. A los hombres les resulta más fácil; sobre todo, cuando hay hijos por medio. Se necesita mucha dedicación para cuidar de los hijos y algunos hombres no soportan dejar de ser el centro de atención.

Allegra hizo una pausa y respiró hondo antes de continuar:

—Mi padre es un clásico ejemplo. Después de la muerte de Dion, se cansó de la depresión de mi madre y se echó una amante, a la que siguieron muchas más. Apenas habíamos enterrado a mi madre cuando trajo a vivir a casa a la última de sus conquistas.

Draco se levantó de la cama y se puso los pantalones.

—No todos los hombres son como tu padre, Allegra. Lo de tu familia fue una tragedia. La pérdida de un hijo puede causar estragos incluso en una relación sólida, y la de tus padres no lo era. Y ahora, te pido que no me compares con él, es un insulto. Además, yo no soy capaz de las emociones de las que hablas.

Allegra frunció el ceño.

—Pero no eres incapaz de amar, lo he visto en la forma como tratas a Iona. Y sé que querías mucho a tu padre y que debiste pasarlo muy mal cuando murió porque te niegas a hablar de ello. ¿Y qué me dices de cómo lo dejaste todo ayer para ir a ver a Yanni? Te preocupas por la gente, Draco, te preocupas mucho. Puede que no lo consideres amor, pero es como lo describirían muchas personas.

La sonrisa de Draco mostraba un toque de cinismo.

—Sí, me preocupo por la gente y, en cierto sentido, podría considerarse amor. Pero en lo que se refiere al amor entre un hombre y una mujer... solo me enamoré en una ocasión y me tomaron el pelo de mala manera. No voy a repetir el mismo error.

—¿Qué pasó entre ella y tú?

Draco comenzó a caminar hacia la puerta, pero ella le puso una mano en el brazo, parándole.

–Cuéntamelo, Draco –dijo Allegra–. Yo te he hablado de mí misma; sin embargo, tú te niegas a hablarme de ti. Me gustaría que lo hicieras, así te comprendería mejor.

–No hay nada que comprender –dijo él, pero sin apartarse de ella–. Tenía diecinueve años y poseía la arrogancia de la juventud. Creía que ella me quería tanto como yo a ella. No era así.

Allegra se le encendió una lucecilla en la cabeza.

–¿Tenías diecinueve años?

Draco le dedicó una triste sonrisa.

–Sí, fue justo cuando te me insinuaste. Yo estaba algo dolido y me desquité contigo. En otras circunstancias me habría sentido halagado, pero en esos momentos odiaba a las mujeres.

Allegra se mordió los labios.

–Lo siento. No me extraña que... que te enfadaras tanto.

Draco le acarició el labio inferior con la yema de un dedo.

–No debí hacer que pagaras tú mi frustración –respondió él apartando la mano–. Por eso, un par de años después, te eché en cara que hubieras quedado con ese tipo. Él me recordaba a mi ex.

Y Allegra le había detestado por eso.

–Pero, a los diecinueve, ¿no eras demasiado joven para pensar en el matrimonio?

–Para mucha gente lo era, pero yo llevaba solo desde la muerte de mi padre –contestó Draco–. Quería compartir la vida con alguien. Al final, resultó que no estaba tan preparado para ello como creía.

Allegra se preguntó si llegaría el día en que Draco

estuviera dispuesto a formar una familia. Su compromiso con ella era temporal: dos o tres años a lo sumo. Eso, por supuesto, sin mencionar el amor. ¿Iba a ser suficiente para ella?

—Ojalá te hubiera hecho caso cuando me advertiste sobre ese chico, me habría ahorrado muchos problemas.

Draco le sonrió; después, se dio la vuelta para calzarse y ponerse una camiseta.

—Voy a subir a cubierta a ver qué tal va todo. Te dejo para que descanses o lo que te apetezca. Cenaremos después de que eche el ancla para pasar la noche en frente de una cala no muy lejos de aquí.

Allegra dejó caer los hombros cuando la puerta se cerró tras él. Se estaba comportando como una tonta. ¿Qué importancia tenía que Draco no la quisiera, que se negara a enamorarse de ella? Eso no era obstáculo para tener una relación satisfactoria, mucho más satisfactoria que cualquiera de las que había tenido anteriormente. Por supuesto, no era el cuento de hadas que secretamente deseaba, pero los cuentos de hadas no tenían nada que ver con la realidad.

Su relación con Draco era realista. Se deseaban y los dos eran personas inteligentes y racionales que tenían mucho en común.

Además, ella no estaba enamorada de Draco.

Y todo iría bien si seguía siendo así.

Capítulo 7

DRACO bajó el ancla y respiró hondo. Le encantaba estar en medio del mar, lejos de todas las cargas y responsabilidades que le acompañaban desde la adolescencia, cuando la vida le había resultado muy dura e insoportablemente cruel. Ahí, lejos de todo, podía respirar. Podía reflexionar sobre sus logros en vez de obsesionarse con lo que no había conseguido.

No sabía por qué le había hablado a Alegra de su exnovia y menos aún por qué lo había hecho con tanto detalle. Le gustaba estar ahí con ella, quizá le gustaba demasiado. El deseo que sentían el uno por el otro no parecía que fuera a disiparse pronto; al menos, por su parte. No comprendía por qué le gustaba tanto Allegra. Por supuesto, era hermosa, pero no era la primera vez que se acostaba con una mujer hermosa.

No, era más que eso. Allegra le cautivaba, era una mujer inteligente y divertida. Y le encantaba el fervor con que reaccionaba a sus caricias. Pero siempre había sido así. ¿No era por eso por lo que había mantenido la distancia con ella?

Sin embargo, ahora era todo lo contrario.

Y eso era algo de lo que su cuerpo se sentía entusiasmado. Más que entusiasmado. Exultante, eufórico, feliz.

Pero con Allegra era algo más que el placer físico del acto sexual, algo más profundo. Allegra confiaba en él y eso confería a su relación una nueva dimensión, una cualidad única. La falta de experiencia de Allegra era poco común en las mujeres de su edad, cosa que le agradaba. No quería pecar de machista, pero le complacía que Allegra no hubiera compartido su cuerpo con muchos hombres. Daba a su relación más importancia, era como si Allegra hubiera estado esperándole. ¿Y qué hombre no quería una esposa enloquecida con él? Al menos, ayudaría a que le fuera fiel. Si Allegra le deseaba, no pensaría en romper la relación antes de que él estuviera dispuesto a terminarla. El hecho de que ella le deseara ayudaría a cumplir la promesa que se habían hecho aquella mañana.

Sin embargo, en lo que se refería al amor...

Tenía cariño a Allegra, a su manera. Cariño, preocupación, ternura, amor... ¿no era todo lo mismo? Pero ¿enamorarse de ella? No, no iba a cometer ese error otra vez si podía evitarlo. No era tan cínico como para no reconocer que eso ocurría con mucha gente, gente que reprimía sus emociones menos que él. Gente menos... disciplinada. Pero él no era así.

Ya no.

La vida y la experiencia le habían enseñado esa lección. Enamorarse había sido una estupidez y una muestra de falta de madurez por su parte, y había pagado un alto precio por ello, un precio que se negaba a volver a pagar. Podía vivir uno o dos años satisfactoriamente con Allegra como esposa sin complicaciones.

Se abusaba demasiado de la palabra amor. La gente hablaba de ello como si fuera un talismán. Pero ¿sabía la gente de lo que estaba hablando? El padre de Allegra era un ejemplo de lo poco que significaba la palabra amor. Cosimo Kallas le decía constantemente a su esposa que la amaba; sin embargo, ¿cuánto tardaría en aburrirse de Elena y encontrar a otra mujer con quien entretenerse?

Al menos, Draco tenía la disciplina necesaria para evitar esas indiscreciones. Su padre le había dado un buen ejemplo, su lealtad había sido inquebrantable, nunca había roto una promesa por mucho que le hubiera costado. Él jamás le habría propuesto a Allegra el matrimonio de no haber estado seguro de poder serle fiel mientras se desearan el uno al otro.

Había sido la solución perfecta para ambos. Allegra trabajaba y no tenía planes inmediatos de casarse y tener hijos. Él, por su trabajo, viajaba constantemente por todo el mundo. De esta manera, los dos podían disfrutar juntos hasta que llegara el momento de dejarlo y seguir rumbos distintos.

¿Cómo no iba a gustarle Allegra? Era guapa, divertida, sensual e inteligente. Él estaba cansado de salir con mujeres con las que no podía llevar una conversación interesante y que carecían de sentido del humor. Estaba cansado de que le tomaran por un gurú o que quisieran estar con él por ser famoso.

A Draco le gustaba que Allegra le tratara como a un igual. Le gustaba que discutiera con él, que le plantara cara. A pesar de su fuerte personalidad, ella no se dejaba intimidar por él ni se dejaba comer el terreno. Le gustaba enzarzarse con ella en una discusión, le excitaba tanto como los juegos amorosos antes del acto sexual.

Por fin, cuando acabó de dejar listo el barco, Draco bajó y encontró a Allegra bebiendo agua en la cocina. Se había duchado y llevaba unos pantalones de yoga y un jersey ligero y desbocado color gris caído por un hombro que había dejado al descubierto, y se había recogido en una coleta el cabello mojado. Si aquella mañana había estado deslumbrante con el vestido de novia, ahora, vestida con ropa de andar por casa, no estaba menos hermosa.

El corazón le dio un vuelco.

Allegra dejó el vaso y alzó la barbilla con ese gesto aristocrático tan suyo, como si no hubieran estado desnudos en la cama y sudando apenas una hora atrás.

–No esperabas que hiciera la cena, ¿verdad?

Draco sonrió al ver un brillo retador en los ojos de ella. Después de la íntima conversación, Allegra se estaba distanciando de él y levantando nuevas defensas. ¿Se sentía desbordada por la intensidad de su encuentro sexual? De ser así, la comprendía perfectamente. A él tampoco le vendría mal recuperarse y restablecer el equilibrio de poder entre los dos. El sexo cambiaba mucho las relaciones, el buen sexo. Y su experiencia juntos había sido extraordinaria.

–¿Tienes hambre?

Allegra se humedeció los labios con la lengua y le miró la boca brevemente antes de volver a alzar la barbilla.

–Depende del menú.

Draco se acercó a ella, dejándole espacio suficiente para apartarse si así lo quería, pero Allegra se quedó donde estaba sin que sus ojos azules mostraran la batalla que su cuerpo estaba librando. Pero él lo sintió. Sintió la excitación sexual de ella y la sangre le hirvió en las venas.

Draco acarició la mandíbula de Allegra con la yema de un dedo y la sintió temblar.

–¿Qué te parece si empezamos con un pequeño aperitivo?

Draco acarició con la punta de la lengua el lunar que Allegra tenía junto a la boca; después, le lamió el labio inferior. Allegra lanzó un gemido al tiempo que le ponía las manos en el pecho y a él le temblaron las rodillas y la entrepierna le ardió y se le hinchó.

Draco, haciéndola abrir los labios, la estrechó contra sí, agarrándola por las nalgas, torturándose a sí mismo.

–Te deseo –eran las dos únicas palabras que quería pronunciar. Las dos únicas palabras que quería oírle a ella. Las dos únicas palabras que, en esos momentos, tenían significado para él.

–Yo también te deseo –Allegra le rodeó el cuello con los brazos, abrió la boca y, con un lamido, le invitó.

Su pasión era como un incendio que había roto toda barrera de contención. Le palpitaba el cuerpo entero, le vibraba. Besó a Allegra profundamente, tanteó hasta el último rincón de la boca de ella y se embriagó con su aroma.

La lengua de Allegra entró en un duelo con la suya. Ella comenzó a tirarle del pelo y a soltárselo, enloqueciéndole. La intoxicante mezcla de placer y dolor redobló su deseo hasta transformarlo en algo oscuro y desconocido, en una fuerza incontrolable.

Draco la alzó, la sentó en un mostrador y se colocó entre los muslos de Allegra. Ella le rodeó la cintura con las piernas y se apretó la boca contra la de él casi a modo de combate. Era como si a Allegra le doliera la atracción que sentía por él, como si quisiera castigarle por ello.

Draco profundizó el beso, penetrándole la boca con la lengua hasta hacerla suspirar y gemir. Allegra le agarró la cabeza y le hincó los dedos en el cuero cabelludo, pero a él le gustaron la aspereza y el apremio de ella, le encantó que Allegra se hubiera convertido en un felino.

Le subió el jersey, le agarró los senos y acarició los pezones con los pulgares. Su boca se lanzó a un viaje de descubrimiento por la suave garganta de Allegra y por el aromático valle entre sus pechos. Después, se los lamió hasta hacerla retorcerse de placer y mover las caderas en un silencioso ruego.

Draco le sacó el jersey por la cabeza y lo tiró al suelo; después, volvió a agarrarle los senos mientras veía en los ojos de Allegra puro deleite. Le soltó los pechos para quitarse la camisa; al dejar su pecho al desnudo, ella le besó, quemándole con los labios, humedeciéndole con la lengua...

Draco le bajó los pantalones de yoga y ella saltó del mostrador para sacar los pies de los pantalones, quedándose solo con un par de zapatillas deportivas negras con lazos rosas.

Entonces, Draco la tomó en sus brazos, la llevó a uno de los sofás de cuero y la tumbó en él. A continuación, se despojó del resto de la ropa, se tumbó al lado de ella y la besó con fiereza.

–Debería ir por un preservativo –dijo él apartando la boca de la de ella y sujetándole las muñecas.

–Estoy tomando la píldora. Hazme el amor. Ya.

Hacía mucho tiempo que Draco no había hecho el amor sin utilizar preservativo; pero dadas las circunstancias, no veía motivo por el que no pudiera consumar el acto sexual sin protección. Además, Allegra estaba tomando anticonceptivos.

Draco le puso las manos en el rostro y la miró a los ojos.

–¿Estás segura?

El deseo había agrandado las pupilas de Allegra, los besos le habían hinchado la boca y la habían enrojecido.

–Estamos casados y no vamos a acostarnos con nadie más, ¿no? No tengo ninguna enfermedad venérea ni nada, pero si necesitas hacerte alguna prueba...

–Ya lo he hecho –la interrumpió él–. Me hice unas pruebas hace seis meses, cuando puse fin a una relación pasajera. Desde entonces no he estado con nadie.

Allegra, sorprendida, agrandó los ojos.

–¿Con nadie? ¿Con nadie en absoluto?

Draco le retiró del rostro una imaginaria hebra de cabello.

–Cuando te vi aquella noche recordé la atracción que siempre ha habido entre nosotros y que no es solo física, sino también intelectual. Esa noche me di cuenta de que te deseaba y, con los problemas financieros de tu padre, diseñé un plan para tenerte a mi lado antes de que se me adelantara otro. Yo ya había empezado a darle dinero a tu padre. ¿Qué importancia tenía darle un poco más para conseguir lo que quería?

—¿No es demasiado... frío? —preguntó ella.

—¿Te parece frío esto? —Draco la besó suavemente, dándole tiempo para responder con el fervor y la pasión con que sabía que ella respondería.

Allegra abrió la boca y volvió a rodearle el cuello con los brazos.

Draco le besó entre los pechos y también el ombligo antes de chupárselo. Allegra lanzó un gemido de placer.

Allegra contuvo la respiración cuando él le separó los labios mayores y puso al descubierto los secretos, el aroma y la suavidad de ella. Se intoxicó con la reacción de Allegra a sus labios y lamidos. Allegra se arqueó y tembló cuando llegó a un orgasmo que él sintió en su lengua.

Ella dejó caer la cabeza en los cojines del sofá y Draco la penetró con un suave empellón. Contuvo un gruñido, pero no consiguió desacelerar el ritmo. Ya no podía hacerlo. El deseo le llevó a la desesperación y le hizo estallar con un ardor que le erizó el cuerpo entero.

Draco flotaba... flotaba... flotaba... Por fin, somnoliento, acarició el delgado muslo de Allegra.

—Espero no haberte metido prisa. He perdido el control.

Ella se acurrucó a su lado, adormilada.

—No, ha sido maravilloso. Realmente maravilloso.

Draco la miró y la vio sonreír.

—Hacemos buena pareja, Allegra.

—La mejor.

Draco le revolvió el cabello cariñosamente.

–Lo mejor está aún por venir.

Allegra se despertó un poco antes del amanecer. Solo podía oír el suave rumor de las olas batiendo ligeramente la cubierta del barco. Draco dormía con el pecho pegado a su espalda, un brazo alrededor de su cintura y las piernas entrelazadas con las de ella.

Se quedó escuchando la respiración de él, sintiendo en la espalda el movimiento del pecho de Draco al tomar y soltar el aire. Bajó los ojos y los clavó en el anillo de casados de Draco.

Las cortinas estaban descorridas, nadie podía verles allí anclados enfrente de aquella cala aislada. Las estrellas brillaban como diamantes en el oscuro y aterciopelado firmamento. Hacía mucho que no miraba las estrellas en todo su esplendor.

Draco suspiró y le agarró con más fuerza la cintura.

–¿Estás despierta?

Allegra sintió en las nalgas el movimiento del miembro viril.

–No estarás dispuesto a empezar otra vez, ¿verdad?

Draco lanzó una queda carcajada y la hizo volverse de cara a él.

–No voy a permitir que te levantes de la cama sin pasarlo bien antes.

Allegra le acarició los labios con la yema de un dedo.

–Lo estoy pasando muy bien. Mucho mejor de lo que habría podido imaginar nunca.

Draco le agarró los dedos de una mano, se los besó y la miró a los ojos.

—¿No estás dolorida?

Disimuladamente, Allegra juntó las piernas, pero no consiguió contener una ligera punzada de dolor.

—No...

—¿Nada en absoluto? —insistió Draco, no dejándose engañar.

—Bueno, quizá un poco —respondió ella mordiéndose los labios—. Dada mi falta de práctica, ha sido bastante ejercicio.

Draco le acarició la frente con exquisita ternura y a ella se le hizo un nudo en la garganta.

—Perdóname, Allegra. Debería haber tenido más cuidado.

—Es poco frecuente en una mujer de mi edad no tener una vida sexual muy activa.

Draco le alzó la barbilla.

—Soy perfectamente consciente de lo difícil que es para una mujer encontrar un equilibrio entre el trabajo y las relaciones íntimas. Muchos hombres no soportan no ser el centro de atención de una mujer. Y también hay trabajos más exigentes que otros.

—Sí, la verdad es que he tenido que luchar mucho para llegar donde estoy —comentó ella—. Y, a pesar de todos los sacrificios que he hecho, no he conseguido que me hagan socia en el despacho de abogados en el que trabajo, y creo que nunca lo lograré.

—¿Es eso lo que quieres, que te hagan socia?

Durante años, esa había sido la meta de ella. Se había entregado por entero a su trabajo con el fin de lograr reconocimiento y el mismo trato que los socios del bufete de abogados. Sin embargo, últimamente su motivación había disminuido. Seguía gustándole su trabajo, pero no le satisfacía tanto como antes; a veces, se sorprendía a sí misma pensando más en los aspectos negativos que en los positivos de este.

–No sé, quizá haya llegado el momento de pensar en cambiar de bufete. Creo que así ya no puedo seguir.

–¿Ya no da más de sí tu trabajo en ese bufete?

–Es eso... entre otras cosas –otras cosas como la sensación de que le faltaba algo. Algo más importante que el hecho de ser socia en un bufete de abogados.

–¿Has pensado alguna vez en trabajar en Grecia? Podrías montar tu propio bufete. Podrías ayudar a mujeres como Iona.

Allegra, decidida a independizarse de su padre, siempre se había resistido a trabajar en su país natal. Sin embargo, sabía que ahí podría mejorar profesionalmente y encontraría también mayores satisfacciones personales.

–Por el momento, lo que me preocupa es cómo compaginar mi trabajo en Londres con todo lo demás.

–No espero de ti que dejes el trabajo ni te acoples a mis necesidades –dijo Draco–. Tienes derecho a trabajar donde quieras. Yo también tengo negocios en Inglaterra. He hecho ese comentario por si se te ocurriera considerar esa posibilidad.

–¿Qué sentido tendría montar mi propio bufete para desmontarlo una vez que nos divorciemos?

Los ojos de Draco se tornaron más oscuros de repente, más intensos.

–¿No tendrás que marcharte también cuando quieras tener hijos?

–Eh, un momento. Has pasado del trabajo a tener hijos en un abrir y cerrar de ojos. Ya sabes lo que opino al respecto –pero sentía lo opuesto, a pesar de sus palabras.

«Quiero tener hijos. Quiero tener hijos contigo».

¿Por qué le había llevado tanto tiempo reconocer que el vacío que sentía en su vida se debía a que no tenía hijos? Nunca se había visto a sí misma como madre; pero, estando con Draco, no podía dejar de pensar en ello. Sin embargo, el orgullo le impedía sincerarse con él.

Draco se levantó y se puso una bata.

–¿Qué te pasa? No te he pedido que tengamos un hijo juntos. Simplemente he hecho un comentario.

–¿Por qué hablar de ello? –dijo Allegra lanzándole una breve mirada–. No vamos a seguir casados toda la vida. Ese ha sido el trato, ¿no?

–Dejémoslo. Olvida lo que he dicho.

–No, vamos a hablar de ello –le contradijo Allegra–. Es evidente que has pensado en ello; aunque, cuando lo mencionaste por primera vez, creí que estabas de broma. Pero tú no tienes familia y la mayoría de los hombres en este país quieren tener hijos; sobre todo, los hombres tan ricos como tú. No estabas bromeando, ¿verdad?

Draco lanzó un suspiro.

–Sí, era una broma. Pero ahora... me pregunto si no...

Allegra no estaba segura de querer tener una discusión que sabía cómo iba a terminar. Hablarían de tener un hijo juntos, pero eso no significaba que Draco fuera a enamorarse de ella y a seguir casado con ella durante el resto de sus vidas.

–Para los hombres es muy fácil –dijo Allegra–, no tenéis que dejar de trabajar para criar a un hijo, no tenéis que estar preñados durante nueve meses y no tenéis que dar de mamar ni pasar años renunciando a vuestra carrera profesional. Queréis las ventajas, pero no es necesario que renunciéis a nada.

–Sé que tener un hijo es un compromiso muy grande para una mujer –respondió Draco–, pero tú estás en una situación privilegiada en comparación con otras mujeres. Con o sin marido, podrías contratar a alguien y seguir trabajando.

–¿Te refieres a contratar a una niñera? –Allegra conocía bien a las niñeras, la habían criado–. Yo jamás permitiría que a mi hijo lo criara una desconocida.

Allegra se levantó y, a los pocos segundos, sintió a Draco a sus espaldas. Draco le puso las manos en los hombros y la hizo volverse de cara a él. Sus oscuros ojos mostraban preocupación, no censura, lo que la desarmó completamente.

–Este tema te resulta doloroso, ¿verdad? En ese caso, mejor lo dejamos. No quiero que te disgustes. Esta semana es para disfrutar.

Allegra disfrutaba con él mucho más de lo que le convenía.

–Sí, es un tema doloroso. Me crié con niñeras y no me gustaba nada. Cuando me acostumbraba a una, se marchaba, en muchas ocasiones porque la relación de la niñera con mi padre acababa. Estoy segura de que fue por eso por lo que a mi madre le pareció bien enviarme a un internado; de esa manera, evitaba tener en casa a las amantes de mi padre.

–¿Te resultó duro el internado? –preguntó Draco apretándole ligeramente los hombros.

–No me gustaba –respondió Allegra–, me sentía marginada. Yo era medio griega, no era como las demás niñas ricas inglesas del internado. Sin embargo, tampoco lo pasaba bien cuando volvía a casa en vacaciones. Mi madre no me hacía mucho caso.

Draco frunció el ceño.

–¿Por qué crees que tus padres no se divorciaron?

–No lo sé, supongo que mi padre no quiso dejar a mi madre después de la muerte de Dion para no sentirse culpable. Al final, fue ella quien le dejó. Yo creía que iba a volver a casarse rápidamente, pero no lo ha hecho hasta ahora, después de dejar a Elena embarazada.

–Elena parece contenta.

–Sí, así es, ¿por qué no iba a estarlo? –dijo Allegra–. Tiene un niño precioso y se ha casado con un hombre del que está enamorada. ¿Por qué no iba a estar contenta?

–Creía que Elena te caía bien.

–Y así es –respondió ella–. Es dulce, cariñosa, sensible e íntegra. Lo único que me preocupa es que no consiga evitar que mi padre pierda el interés por ella.

«La misma preocupación que tengo yo respecto a ti».

–Ahora que ha tenido un hijo, puede que tu padre siente por fin la cabeza –comentó Draco–. No obstante, entiendo que Elena te preocupe.

Allegra lo miró fijamente.

–¿No ves la similitud? –preguntó ella.

Draco pareció sorprendido.

–¿Qué similitud? ¿A qué te refieres?

–A nuestra situación y la de ellos.

Draco apretó la mandíbula visiblemente.

–No, no la veo en absoluto. Ambas situaciones son completamente diferentes. Te he dicho que nuestro matrimonio no va a durar mucho, pero he prometido que te seré fiel mientras dure; y, al contrario que tu padre, yo cumplo mi palabra. No tienes motivos para sentirte insegura conmigo. Jamás he sido infiel cuando estaba con una mujer. Nunca.

–Pero no estamos enamorados; por ese motivo, lo nuestro es peor que lo de mi padre y Elena.

–Quizá no estemos enamorados, pero nos entendemos y nos respetamos –Draco le tendió una mano–. Ven aquí.

Allegra le obedeció sin pensar. Él le rodeó la cintura y la abrazó. Y ella se dejó abrazar. Le dio igual que Draco no la quisiera, ella sí le quería.

Capítulo 8

HACÍA meses que Draco no se tomaba unas vacaciones; por eso, se repetía a sí mismo que ese era el motivo por el que estaba tan relajado. Había elegido un par de rincones escondidos con los que estaba familiarizado y Allegra y él se habían bañado en tranquilas calas y habían tomado el sol en playas impolutas.

Pero, si era honesto, sabía que se debía a que Allegra era lo mejor que le había pasado en mucho tiempo. Quizá en toda su vida. Se levantaba por las mañanas con auténticas ganas de vivir; no solo porque el acto sexual con ella mejoraba día a día, sino también por el compañerismo y la amistad que estaban desarrollando. Le gustaba hablar con ella, tanto de política como de negocios; Allegra era inteligente, tenía sentido común y a él le gustaba escucharla. Cocinaban juntos, leían, paseaban y nadaban.

Y hacían el amor.

Draco ya no lo definía como sexo. Con Allegra, era algo más. Más cerebral y... ¿emocional?

No quería pensar en eso. No era amor, sino unión física. Ocurría sobre todo cuando el acto sexual resultaba ser particularmente satisfactorio. La deseaba. Se inquietaba si ella no estaba cerca.

Era una cuestión hormonal, nada más.

Cuando Allegra subió a cubierta la mañana del último día de sus vacaciones, echó los brazos alrededor de la cintura de Draco y le sonrió antes de mirar la salida del sol reflejada en la superficie del mar.

–Qué precioso es esto.

–Sí, es verdad –respondió Draco dándole un beso en la cabeza.

Los últimos días habían sido los más tranquilos y maravillosos de su vida. No recordaba haberse encontrado mejor nunca. Se sentía llena de energía, dormía bien, se despertaba completamente despejada y dispuesta a todo lo que el día pudiera depararle.

Sin embargo, ahora empezaba a temer la vuelta al mundo real. El mundo del trabajo y del trato difícil con las personas que solía producirle insomnio y le revolvía el estómago.

–¿En serio tenemos que emprender el camino de regreso hoy? ¿No podríamos quedarnos aquí para siempre?

–Eso es un sueño –respondió él poniéndole las manos en las caderas–. Sería estupendo, pero las obligaciones son las obligaciones. Ya he recibido cinco llamadas de algunos de mis empleados respecto a asuntos urgentes. No debería haber encendido el teléfono móvil hasta no haber regresado.

Allegra jugueteó con el cuello de la camisa polo de Draco. Ahora, ese gesto íntimo le resultaba totalmente natural. Su cuerpo temblaba de placer y sentía cosquilleos en la piel cada vez que él la miraba así, como si en silencio le dijera: «quiero hacerte el amor, quiero hacerte gritar de placer».

Pero, aunque la intimidad sexual era maravillosa, la comunicación entre ambos había dejado bastante que desear durante las últimas veinticuatro horas sobre todo. Tenía la sensación de que Draco se estaba distanciando de ella; no sexualmente, sino emocionalmente. Respecto a su relación, había muchas cosas que aún no habían discutido. ¿Dónde iban a vivir? ¿Esperaba Draco que ella se fuera a vivir con él? Hacía un año, Draco había comprado una casa en Hampstead, Londres. Ella, por su parte, estaba orgullosa de su pequeña casa en Bloomsbury; no le entraba en la cabeza dejarla, era el símbolo de su independencia. El primer lugar que había considerado su hogar.

–No hemos hablado de dónde vamos a vivir cuando volvamos a Londres –dijo Allegra mirándolo a los ojos–. ¿Vas a venir a mi casa o vas a quedarte en tu casa cuando vengas a Londres?

–La mayoría de los matrimonios viven juntos; no obstante, no es mi intención pedirte que dejes tu casa.

Allegra no supo cómo interpretar la respuesta de él. ¿Había querido decir que vivirían en casas separadas? ¿Mantendría Draco su casa en Londres con el fin de estar solo cuando le apeteciera?

–¿Tienes pensado mantener tu casa también?

–No sería un buen negocio venderla en estos momentos –contestó Draco–, me he gastado una fortuna en la reforma hace poco. Pero esa no es una decisión que tenga que tomar ya. Lo pensaré dentro de un año más o menos.

¿Cómo podía estar segura de que el verdadero motivo de mantener la casa era solo de tipo financiero? ¿No se debería más a tener un refugio en caso de que las cosas no fueran bien entre ellos? Los últimos días la habían hecho pensar que Draco estaba encariñándose con ella; lo pensaba por la forma como él le hablaba, por el modo de escucharla, por cómo reía con ella... y por cómo le hacía el amor.

Sí, ahora le hacía el amor, ya no era un acto sexual.

Y ella se había enamorado de Draco.

Albergaba la absurda esperanza de que Draco, antes o después, se enamorara también de ella. Pero... ¿cuánto estaba dispuesta a esperar? ¿Y si no se enamoraba nunca de ella? ¿Y si Draco era incapaz de hacerlo?

–Entonces... ¿dónde vamos a ir cuando regresemos a Londres? –preguntó Allegra–. ¿Vamos a ir a tu casa o a la mía?

Draco le acarició la espalda.

–El mismo día que volvamos a Londres tengo que tomar un vuelo a Glasgow. Tengo una reunión de negocios allí, hace unos minutos me han enviado un correo electrónico para decírmelo. Voy a pasar en Glasgow un par de días, así que será mejor que te vayas a tu casa. Regresaré a Londres a mediados de la semana.

Una desagradable sorpresa para Allegra; sin embargo, disimuló su decepción. No tenía sentido esperar que Draco lo dejara todo por ella; sin embargo, le preocupaba que así fuera a ser el resto de su vida de casados.

—Está bien. De acuerdo —respondió Allegra.

Draco le puso los dedos en la barbilla y la miró fijamente a los ojos.

—Sé que no es el regreso ideal. Ojalá pudieras venir a Escocia conmigo, pero sé lo mucho que te ha costado tomarte una semana de vacaciones. A mí me ha pasado lo mismo. Los dos tenemos trabajos muy exigentes. Pero no te preocupes, lo iremos viendo todo sobre la marcha.

Allegra sonrió.

—Eso te pasa por casarte con una mujer trabajadora, tienes que compartirla con la ambición de ella.

—Tengo la sensación de que no eres tan ambiciosa como pretendes —respondió él acariciándole el lunar con la yema del pulgar.

Con un esfuerzo, Allegra le sostuvo la mirada. ¿Cómo sabía él que ella tenía dudas sobre su carrera profesional? Apenas lo reconocía ella misma. Ni siquiera lo había hablado con Emily.

Allegra se apartó de él y se agarró al barco.

—Ni siquiera puedo cuidar de un perro. No sé cómo algunas mujeres consiguen tener hijos y trabajar al mismo tiempo.

Draco le puso las manos en los hombros y le acarició el cuerpo con el suyo.

—De una manera u otra, la gente lo consigue, *glykia mou*. Puede que tus circunstancias cambien en un año o dos.

Sí, en un año o dos podría estar divorciada y sola otra vez.

—Bueno, creo que tenemos que subir las velas y ponernos en marcha si queremos llegar a Atenas a tiempo para nuestro vuelo –dijo Draco antes de darle un beso en la boca–. De vuelta a la realidad, ¿eh?

«Qué suerte la mía».

El lunes por la mañana, Emily siguió a Allegra hasta su despacho.

–Bueno, ¿qué tal la luna de miel? ¿Bien? ¿Mal? ¿Sensacional?

Allegra dejó el bolso y la cartera encima del escritorio y miró a su amiga con gesto estirado.

–¿Desde cuándo te doy cuenta de los detalles de mi vida sexual?

Los ojos de Emily brillaron.

–Hacía más de un año que no tenías vida sexual, por eso no me has hablado de ello. ¿Te has acostado con él?

Allegra se quitó la chaqueta y la colgó de un gancho en la puerta.

–¿No es eso lo que hacen las parejas de recién casados en la luna de miel?

Emily se sentó en una esquina del escritorio y balanceó las piernas como una colegiala.

–Dime, ¿qué ha pasado con el matrimonio de conveniencia?

–Ese hombre me hace perder el sentido por completo –respondió ella burlándose de sí misma.

–Bueno, a mí me pasa lo mismo con su mejor amigo, que podría hacer a una monja de noventa años reconsiderar su estado célibe.

Allegra ladeó la cabeza.

–¿No me digas que has...?

Emily se bajó del escritorio y cruzó los brazos.

—No sé qué me ha pasado, te lo juro. Nunca me había acostado con un tipo sin más, solo una noche. Nunca.

Allega, sorprendida, miró a su amiga.

—¿Te has acostado con Loukas Kyprianos?

—Culpable, señoría —respondió Emily haciendo una mueca.

—¿Estás saliendo con él?

Emily se mordió los labios y su rostro ensombreció.

—Ni siquiera me ha pedido el número de teléfono.

—Lo siento, Em.

—Sí, yo también. Tengo muy mala suerte con los hombres. ¿Por qué me gustan siempre los que no están a mi alcance? No, no me lo digas, lo sé. Es porque solo me gusta aquel que me resulta inaccesible. Creo que mi madre tiene razón, debería ir a un psiquiatra.

«A mí tampoco me vendría mal ir al psiquiatra».

—Solo ha pasado una semana —dijo Allegra—, puede que te llame. Es posible que nos pida a Draco o a mí tu teléfono.

—No me hago ilusiones —respondió Emily—. Además, puede que lo haya estropeado todo.

—¿Por qué?

—Hablé demasiado después de la tercera copa de champán. Mi madre diría que, subconscientemente, quería que me rechazara. Ya sabes cómo es mi madre.

—¿Qué le dijiste?

—Le dije a Loukas que quería casarme antes de cumplir los treinta años en marzo, que quería cuatro hijos y un perro de caza irlandés.

—¿Y cuál fue la reacción de él?

Emily alzó los ojos al techo.

–Como si le hubiera hecho una proposición matrimonial, como si le hubiera apuntado con una pistola.
Aunque me duela admitirlo, mi madre tiene razón, he
estropeado lo que podría haber sido una buena relación.

–Yo no estaría tan segura de eso último –contestó
Allegra–. Draco me ha dicho que Loukas es completamente reacio al matrimonio. Sus padres se divorciaron cuando él era pequeño y fue un divorcio muy
traumático. Draco parece convencido de que Loukas
no se casará nunca.

Emily dejó caer los hombros.

–Qué suerte la mía. Creía que había aprendido la
lección después de la desastrosa relación con Daniel
–Emily se dejó caer en la silla delante del escritorio–.
Perdona, no debería agobiarte con todo esto. Vamos,
dime qué tal la luna de miel. ¿Estás enamorada de
Draco?

Allegra esquivó la mirada de su amiga y se puso a
arreglar la superficie de su mesa de despacho.

–Nuestro matrimonio es diferente.

–¡Ya, diferente! –dijo Emily–. Llevas años enamorada de él.

–Me gustaba, nada más.

–No me vas a engañar –Emily sonrió–. Bien, ha
quedado claro que estás enamorada de él. No hace
falta más que verte.

Allegra sintió calor en las mejillas.

–Bueno... digamos que a Draco se le da muy bien
el sexo. La cuestión es si se va a conformar conmigo.
No está enamorado de mí, aunque me tiene cariño.

–Oh...

–Y eso no es lo que a una mujer le gusta oír en su luna de miel.

–No, pero las palabras no son todo –contestó Emily–. Los actos es lo que cuenta.

–Va a seguir manteniendo su casa en Hampstead.

–¿Y? ¿No te vas a ir a vivir con él?

–¿Por qué iba a hacerlo?

–Porque eso es lo que hacen las mujeres casadas, se van a vivir con sus maridos.

–Pero yo no quiero marcharme de mi casa –respondió Allegra–. Es mi casa y no veo por qué iba a dejarla solo porque mi marido prefiere vivir en otro sitio. Estoy harta de que sean siempre las mujeres las que renuncien a todo.

–Llevas demasiado tiempo en este trabajo –dijo Emily–. Para que una relación funcione hay que hacer concesiones. Aunque, por supuesto, yo no debería hablar mucho porque no tengo experiencia. Pero la esperanza es lo último que se pierde.

«Lo mismo digo».

Capítulo 9

ALLEGRA recibió una llamada de teléfono de Draco al trabajo aquella misma tarde.

–Hola. ¿Qué tal te ha ido hoy en el trabajo?

–Mejor no me lo preguntes –respondió él–. Estoy en el aeropuerto, salgo para Rusia dentro de una hora. Creo que no volveré hasta el viernes. Lo siento.

–Oh, qué pena. ¿Pasa algo?

–No, solo cuestiones de negocios.

–Sabes que puedes contarme lo que sea –dijo Allegra con más acidez de la que le habría gustado–. No soy un ama de casa sin idea de lo que pasa en el mundo.

Draco lanzó un suspiro.

–Tengo un cliente multimillonario allí que quiere hablar conmigo en persona respecto a unos diseños que le estamos haciendo.

–¿No podrías haber mandado a otro en tu lugar? Tienes gente trabajando para ti, ¿no? –empezaba a parecer un ama de casa de los años cincuenta del siglo pasado.

–Es un cliente difícil –contestó Draco–, pero importante. Solo voy a estar tres días fuera como mucho. Pero basta de hablar de mí. ¿Qué tal tu vuelta al trabajo?

–Bueno, lo normal –Allegra hizo una pausa antes de preguntar–: ¿Has hablado con Loukas últimamente?

–No hablo con él desde la boda. ¿Por qué?

–Por nada.

–¿Por qué me lo preguntas? –insistió él.

–Loukas y Emily se fueron juntos después de la boda y terminaron haciendo el amor.

–Bueno, ya te dije que a Loukas le gustan las inglesas –comentó Draco, y lanzó una suave carcajada.

–Pero Loukas no le a pedido a Emily su número de teléfono.

–¿Y a Emily le habría gustado que lo hubiera hecho?

–Sí.

–¿A Emily le gusta Loukas?

–Si se acostó con él es porque le gusta. Emily no es la clase de mujer que se acuesta con cualquiera. Aunque la verdad es que había bebido un poco más de la cuenta.

–Si estás insinuando que Loukas se aprovechó de ella, te garantizo que no fue así.

–No, eso ni se me ha pasado por la cabeza –dijo Allegra inmediatamente–. Lo que ocurre es que a Emily le gusta Loukas y, cuando estuvieron juntos, debido a la bebida quizá, se le ocurrió mencionar la palabra matrimonio.

–Un grave error.

–Sí, eso parece. Pobre Em. Es un cielo, pero le gustan los amores imposibles.

–¿Quieres que hable con Loukas? –le preguntó Draco.

–No, en absoluto. Creo que será mejor que no nos

metamos en este asunto. Ya tenemos bastantes problemas nosotros.

Draco guardó silencio.

–Lo que he querido decir es que tenemos que solucionar muchas cosas, ¿no? –añadió Allegra–. Como,
por ejemplo, dónde vamos a vivir.

–Creía que ya habíamos hablado de eso.

–¿Y qué va a decir la gente cuando se enteren de
que vivimos en dos casas separadas en Londres? –preguntó Allegra–. Ese no es el comportamiento normal
de una pareja de recién casados.

–En ese caso, ven a vivir a mi casa.

–¿Y por qué no vienes tú a la mía?

–La mía es mucho más grande –argumentó Draco–.
Tiene más sentido que te traslades tú. Y si no quieres
vender tu casa, puedes alquilarla.

–¿Por qué soy yo quien tiene que ceder?

–No es una cuestión de ceder o no, Allegra, es una
cuestión de sentido común –dijo Draco como si estuviera hablando con una niña pequeña.

–Hasta la fecha, he sido yo quien ha tenido que
sacrificarlo todo –dijo Allegra enfurecida–. Tú sigues
con tu vida normal como si nada.

–Perdona, Allegra, pero tengo que marcharme ya.
Te llamaré mañana.

Allegra colgó el teléfono y suspiró. El final de la
conversación no había sido de lo más satisfactorio. Lo
más satisfactorio de su relación era el sexo.

Al día siguiente, cuando Allegra volvió a su ofi-
cina después de una sesión en los juzgados, encontró

un precioso ramo de flores en su escritorio. Agarró la tarjeta y leyó el mensaje: *Te echo de menos. Draco.*

El corazón le dio un vuelco mientras apretaba la tarjeta contra su corazón. Justo en ese momento, Emily la llamó por el intercomunicador.

—Allegra, tu madrastra está aquí. ¿Puedes recibirla en tu despacho?

Allegra dejó la tarjeta encima del escritorio. ¿Elena estaba en Londres?

—Sí, hazla pasar. No voy a recibir a ningún cliente hasta las cuatro.

—Ahora mismo le digo que pase.

Elena entró en el despacho con Nico en un cochecito. Tenía los ojos enrojecidos, había estado llorando.

—Perdona que me presente así de improviso...

Allegra le agarró ambas manos.

—¿Qué ha pasado? ¿Cómo es que estás en Londres? ¿Ha venido mi padre contigo? ¿Por qué no me dijiste que ibas a venir...?

Elena sacudió la cabeza.

—Tu padre está en París.

—¿En París? ¿Por qué?

A Elena le temblaron los labios.

—Acabo de enterarme de que tiene allí una amante desde que yo me quedé embarazada —Elena empezó a llorar y sollozar.

Allegra la abrazó. ¿Por qué le había hecho eso su padre a Elena? ¿No tenía ya todo lo que quería? Tenía un hijo y una esposa cariñosa y entregada a él, ¿qué más podía pedir? El egoísmo y la crueldad de su padre le repugnaron.

Elena se soltó de ella una vez que recuperó la compostura. Entonces, clavó los ojos en el ramo de flores.

–Así es como lo he descubierto –Elena señaló las flores–. La de la floristería ha debido confundir nuestros nombres y me ha enviado un ramo de rosas rojas. La tarjeta decía: «Angelique, siempre te querré. Cosimo».

–No sabes cuánto lo siento.

–Y cuando le he llamado, tu padre no lo ha negado –continuó Elena–. Había encargado dos ramos de flores, uno para ella y otro para mí. Ha puesto la excusa de que no quería forzarme a tener relaciones mientras estaba embarazada.

Allegra estaba asqueada. ¿Cómo podía su padre ser tan sinvergüenza?

–¿Qué vas a hacer ahora?

Elena se secó las lágrimas con la mano.

–Me gustaría dejarle, pero tengo que pensar en Nico también. Sin el dinero que me pasa tu padre, ¿cómo voy a poder pagar a un abogado para que me represente?

–Yo te representaré –contestó Allegra al tiempo que le pasaba una caja de pañuelos de celulosa–. Sé que no es normal, teniendo en cuenta que él es mi padre, pero jamás permitiré que te quite lo que te corresponde por ley.

–¿En serio lo harías? –preguntó Elena pasándose la mano por los ojos.

–Claro que sí –respondió Allegra, consciente de que eso sería el fin de su relación con su padre. Pero el bienestar de Elena y de Nico era prioritario.

La situación de Elena le recordó la suya. Le ocurría lo mismo que a Elena, estaba enamorada de un hombre que no le correspondía. Pero, al menos, Draco era honesto, no como su padre. Y, al contrario que su padre, Draco le había prometido fidelidad durante el tiempo que su matrimonio durase, aunque tuviera pensado acabar la relación a su conveniencia.

Draco no la amaba.

Iba a pasar un par de años, unos años preciosos, esperando que Draco se enamorara de ella. ¿Y si tenía el hijo que anhelaba en secreto? Acabaría como Elena. No, no quería que eso le ocurriera a ella. Si Draco no podía amarla, ella tendría que tomar una decisión.

–¿Qué piensas hacer por el momento? –preguntó a Elena?–. ¿Te vas a quedar en Londres o vas a volver a Santorini?

–Voy a ir a Atenas, a casa de mis padres, aunque todavía no les he dicho nada. Se van a llevar un disgusto. Pero no puedo vivir con un hombre que no me ama y que no me es fiel –Elena suspiró–. Solo quería verte y decírtelo en persona.

–Me asquea el comportamiento de mi padre. Me resulta repugnante. Cuenta conmigo para todo. Prepararé los papeles del divorcio y a ver qué pasa.

–No podría soportar perder la custodia de Nico, Allegra. Preferiría morir antes que eso.

Allegra volvió a abrazar a Elena.

–Repito, cuenta conmigo para lo que sea, ¿de acuerdo? Y hablaré con mi padre, aunque no creo que sirva de gran cosa.

–No, por favor, no lo hagas. Ese es mi problema, no el tuyo –Elena respiró hondo para calmarse–. Perdona, ni siquiera te he preguntado por la luna de miel. ¿Lo has pasado bien?

–Sí, estupendamente.

–Tienes suerte –dijo Elena–. Draco está enamorado de ti. Se le nota.

«Ojalá tuvieras razón».

El viernes por la tarde, Allegra volvió a su casa tras una ardua jornada de trabajo en un juicio. Solo había hablado un par de veces por teléfono con Draco durante la semana. La conversación que quería tener con él debía ser cara a cara, no por teléfono. Habían quedado en casa de ella y la noche anterior había dejado preparada la cena, por lo que la metió en el horno para calentar mientras se duchaba y se cambiaba de ropa.

El timbre sonó justo en el momento en que acababa de secarse el pelo.

Su arrojo disminuyó en el momento en que abrió la puerta. Draco estaba tan guapo como siempre con la camisa azul que llevaba y los zapatos blancos.

–Hola.

Al cruzar el umbral de la puerta, Draco la abrazó y le dio un beso que la deshizo. Al instante, ella le rodeó la cintura con los brazos y, al apretar su cuerpo al de él, sintió el potente calor de la pelvis de Draco.

–Ha sido una semana muy larga. ¿Me has echado de menos? –preguntó Draco apartándose de ella para mirarla.

Allegra le soltó y retrocedió unos pasos.

–He estado demasiado ocupada con el trabajo, no he podido pensar en nada más. ¿Qué tal el viaje?

–Agotador –respondió Draco apretando los labios–. No he parado.

–Vamos, entra –Allegra le condujo al cuarto de estar donde había dejado las bebidas y los aperitivos–. ¿Qué te apetece tomar? ¿Cerveza, vino...?

–¿Qué vas a tomar tú?

–Vino blanco.

–En ese caso, media copa para mí.

Allegra le sirvió el vino y le pasó la copa con una sonrisa distante.

Draco agarró la copa y la dejó en la mesa de centro.

–Te he traído un regalo –anunció Draco al tiempo que se sacaba del bolsillo una caja pequeña con un lazo dorado.

Allegra tomó la caja, deshizo el lazo cuidadosamente y la abrió. Dentro había un colgante de zafiros y brillantes. Era la pieza de joyería más bonita que había visto en su vida.

–Es... precioso –Allegra miró a su esposo–. Gracias.

–Me alegro de que te guste –Draco sonrió–. El zafiro se parece a tus ojos –Draco le quitó la caja–. Deja que te lo ponga.

Allegra se volvió y él, después de apartarle la melena, le puso la cadena alrededor del cuello y echó el cierre. Tembló al sentir el roce de los dedos de Draco en la piel.

–Ah, y gracias por las flores.

Draco le puso las manos en los hombros y la miró a los ojos.

–¿Por qué no me cuentas qué te pasa?

–Hoy ha venido Elena a verme al despacho –contestó Allegra.

–¿Está aquí, en Londres?

–Sí. Ha venido a verme para decirme en persona que se ha enterado de que mi padre tiene una amante en París.

–¿Que tiene una amante en París? –repitió Draco arrugando el ceño.

Allegra se soltó de él, puso cierta distancia entre los dos y cruzó los brazos con las manos en los codos.

–Sí. Se llama Angelique. Mi padre envió dos ramos de flores, uno para Elena y otro para Angelique, pero los de la floristería equivocaron las tarjetas.

–Tu padre es un idiota, un perfecto imbécil –Draco sacudió la cabeza–. ¿Qué va a hacer Elena ahora?

–Le va a dejar –respondió Allegra mirándolo a los ojos–. Dice que no puede vivir con un hombre que no la ama y que no le es fiel. Y estoy completamente de acuerdo con ella. No se puede vivir con un hombre que no te ama.

Se hizo un tenso silencio.

–Allegra... –Draco suspiró.

–Esta semana he estado pensando en eso –declaró ella, decidida a no echarse atrás después de la decisión que había tomado–. Tú no me quieres; al menos, no como a mí me gustaría que me quisieran, como la mayoría de las mujeres desean que las quieran. Necesito amor incondicional. Que me tengas cariño no es suficiente para mí, Draco. Los ramos de flores, los regalos caros y el sexo no son suficientes. Quiero que me ames. Pero, como no es así, nuestro matrimonio se ha acabado.

–No digas tonterías, *agape mou* –Draco respiró hondo–. Creo que estás...

–Me llamas «mi amor», pero lo dices por decir –declaró ella–. Son palabras vacías y yo necesito algo más que eso. Merezco más que eso.

–Escucha, lo de tu padre te ha afectado y...

–Esto no tiene nada que ver con mi padre –lo interrumpió Allegra–, se trata de nosotros. Nuestro matrimonio ha sido una farsa y no puedo continuar así.

–No estarás insinuando que yo soy como tu padre, ¿verdad? Te dije que te sería fiel, te lo prometí.

–Ser fiel no es suficiente –respondió Allegra sacudiendo la cabeza–. No puedo mantener una relación con fecha de caducidad. Aunque me fueras fiel, podrías enamorarte de otra; porque, en mi opinión, si no se establece un serio compromiso se deja la puerta abierta para que eso ocurra.

–No voy a enamorarme de otra.

–En ese caso, si eres incapaz de enamorarte, para mí es igualmente terrible. No puedo pasarme los próximos dos años esperando a que cambies. Será mejor terminar ya. Antes de...

–¿Y qué va a pasar con tu padre? Acabamos de firmar el trato.

–¿Sabes una cosa? En estos momentos me importa un rábano lo que le pase a mi padre –dijo Allegra–. Se merece perderlo todo, incluidos mujer e hijo. No voy a sacrificar mi vida por él, llevo haciéndolo toda la vida. Voy a pensar en mí a partir de ahora.

La expresión de Draco se tornó fría, sin emoción.

–¿Todo esto es por lo de la casa? –preguntó él–. Si es así, estoy dispuesto a ceder. En realidad, te iba a sugerir que...

Allegra sacudió la cabeza.

–Vivir juntos no solucionaría el problema, Draco. ¿Es que no lo entiendes? No queremos lo mismo de la vida. Tú, sobre todo, quieres libertad; yo... yo quiero tener un hijo. Quiero tener una familia.

Por fin lo había admitido.

–¿Un hijo? –Draco pareció atónito–. Pero si siempre has dicho que no querías...

–Sé lo que he dicho, pero he cambiado de idea.

–En ese caso, tengamos un hijo –Draco suspiró; al parecer, para él, todo estaba solucionado–. Si eso es lo que te pasa, no hay problema. Tendremos un hijo y...

–No –lo interrumpió ella–. No voy a conformarme con eso, Draco. Merezco que me quieran, merezco amor.

La expresión de Draco se tornó inescrutable.

–¿Es tu decisión final?

Allegra alzó la barbilla a pesar de que se estaba desmoronando por dentro. ¿Por qué Draco no lo decía?

«Dime que me amas. Dime que no quieres perderme. Dímelo. Dímelo. Dímelo».

–Sí.

–Evidentemente, no podemos hacer que anulen nuestro matrimonio.

–No...

–Sería muy embarazoso para ambos –dijo él–. No hablaré de ello con la prensa y te agradecería que tú no lo hicieras tampoco.

–Por supuesto –respondió ella con el corazón destrozado–. ¿Quieres que te devuelva esto? –Allegra se tocó el colgante–. ¿Y los anillos?

–No, quédatelo todo –respondió Draco fríamente.

–En ese caso, creo que no tenemos nada más que decirnos –. Allegra indicó el comedor con un gesto–. Puedes quedarte a cenar si quieres, pero...

–No.

–Bien.

–Adiós, Allegra. No hace falta que me acompañes a la puerta.

Allegra asintió. Le costó un gran esfuerzo disimular lo destrozada que se sentía. ¿Por qué Draco había cedido sin más? Lo único que tenía que hacer era abrazarla y demostrarle así lo que le resultaba tan difícil decir. ¿Por qué Draco se alejaba de ella?

«Porque no te quiere».

Capítulo 10

DRACO se marchó de casa de Allegra como un autómata, una profunda tristeza le había embargado. Solo podía pensar en que Allegra había puesto fin a su matrimonio. ¿Por qué?

Todo eso sobre el amor era algo que no tenía nada que ver con él. Después de la ruptura con su exnovia, había jurado no pronunciar la palabra amor jamás. Además, Allegra tampoco lo había hecho.

Le acababa de pasar lo mismo que le ocurrió años atrás. No, esto era peor, mucho peor. Entonces, había enfurecido; ahora... sentía un profundo dolor.

Le costaba respirar y tenía un nudo en la garganta cuando se metió en su coche. Agarró el volante con fuerza, casi mareado.

Allegra le quería fuera de su vida.

Draco puso en marcha el coche. Tenía que hacer algo. No podía permitir que nadie le destrozara emocionalmente.

Se alejaría de Allegra para siempre. ¿Cómo se le había ocurrido pensar que su matrimonio con ella podría funcionar? Su relación estaba destinada al fracaso y era de tontos desear lo contrario.

«Solo tenías que haber dicho que la querías».

Draco frenó de repente. No amaba a Allegra. No se enamoraba desde los diecinueve años y no iba a hacerlo ahora.

Volvía a estar solo. Eso no era un problema. No iba a rendirse a un concepto en el que no creía.

Nunca había creído en el amor.

Allegra no sabía cómo los periodistas se habían enterado de su ruptura con Draco, pero aquel fin de semana todos los medios de comunicación hablaban de ello. Se especulaba sobre cuál de los dos era el responsable de la ruptura, aunque la mayoría suponía que era Draco.

Su padre la llamó y amenazó con desheredarla por haber aceptado ser la abogada de Elena; ella, simplemente, le colgó el teléfono.

El domingo por la tarde Emily se presentó en su casa con unos bombones y vino.

–¿Seguro que no te has precipitado un poco, Allegra? Al fin y al cabo, solo lleváis dos semanas casados.

–Tenía que dejarle –respondió Allegra–. Draco no me quiere y no puedo soportarlo.

–A algunos hombres les cuesta mucho confesar su amor –dijo Emily–. Les resulta imposible decirlo abiertamente.

Allegra suspiró.

–No aguanto tener una relación tan desequilibrada. Yo le quiero, creo que siempre le he querido. Draco me tiene cariño, pero eso no es suficiente para mí. Quiero que me ame como yo a él.

Emily dio un mordisco a un bombón, pero sin tocar la copa de vino.

–No sé... no estoy segura de que no hayas cometido un gran error. Sin embargo, ¿quién soy yo para decir nada?

–¿Sigues sin saber nada de Loukas?

–Nada en absoluto –contestó Emily bajando los hombros.

De repente, Emily dejó el bombón y, pálida, se llevó una mano a la boca.

–¿Qué te pasa?

Emily se levantó de un salto y salió corriendo al cuarto de baño más cercano. Allegra la siguió y la oyó vomitar. Rápidamente, abrió la puerta y encontró a Emily de rodillas delante del retrete.

–Oh, cielo... Debe haberte atacado un virus.

–Sí, un virus, ya. Tú tienes problemas, pero ya verás cuando te cuente los míos.

–¿Te has quedado....?

–Todavía no lo sé, no me he atrevido a hacerme la prueba de embarazo. Estoy esperando a que me venga la regla, pero no me viene, y yo soy como un reloj para eso –a Emily le tembló la barbilla–. ¿Y si me he quedado embarazada? ¿Qué voy a hacer?

–Tendrás que decírselo a Loukas. Supongo que él es quien te ha dejado...

–Sí, lo es.

–¿Vas a tenerlo?

–Sí –respondió Emily sin titubear.

–En ese caso, no te queda más remedio que decírselo a Loukas.

–Sí, aunque no tengo ninguna gana de hacerlo

–Emily esbozó una burlona sonrisa–. Menuda pareja estamos hechas, ¿eh?

«Y que lo digas».

Unos días después Draco recibió un paquete con los anillos y el colgante que le había regalado a Allegra. También había una nota en la que ella expresaba preocupación por el hecho de que la prensa le hubiera culpado a él de la ruptura.

«Pero tú no tienes la culpa».

Esa frase se le quedó grabada. Los últimos días habían sido los peores de toda su vida, tan tristes como cuando perdió a su madre y a su padre. No dejaba de preguntarse: «¿Cómo voy a soportarlo? ¿Y si...? ¿Qué podía haber hecho para evitarlo?»

Sin poder soportar más estar en la casa con esos regalos, símbolo de su fracaso, delante de él, salió a la calle y echó a caminar sin rumbo fijo.

Vio parejas agarradas de la mano paseando por el río, familias almorzando en el parque, niños jugando y riendo bajo el sol estival. Vio un padre joven jugando con su hija, su esposa se acercó a él y se agarró de su brazo, ambos sonriendo y mirando a su hija.

A Draco se le encogió el corazón.

Eso era lo que Allegra quería. Amor. Una familia.

¿No era eso lo que él quería también? En lo más profundo de su ser, envidiaba a esa pareja, anhelaba lo que ellos tenían.

Draco había renunciado al amor porque había perdido a su seres queridos: su madre, su padre y después a Josef, su jefe y consejero. Había cerrado su corazón para protegerse, para no tener que sufrir nunca más la pérdida de un ser querido.

Y había perdido a Allegra.

Sin embargo, aún estaba a tiempo de rectificar.

La amaba.

Allegra apenas había regresado del trabajo cuando sonó el timbre de la puerta. Al mirar por el ojo de buey, le dio un vuelco el corazón. La mano le tembló al abrir la puerta.

–Draco...

–¿Puedo pasar?

–Naturalmente –Allegra le cedió el paso–. ¿Has recibido el paquete que te envié? Ah, lo has vuelto a traer.

Draco dejó el paquete en la consola del recibidor y se volvió de cara a ella.

–El otro día no dijiste que me amabas.

Allegra se pasó la lengua por los labios.

–Yo... No, no lo hice, pensé que eso daría igual ya que...

–En ese caso, deja que sea yo el primero que lo diga –Draco la agarró suavemente por los brazos y la miró fijamente a los ojos–. Te amo.

Allegra se quedó perpleja. La emoción le había cerrado la garganta.

–¿Lo dices solo porque quieres que vuelva contigo? –preguntó ella sintiendo los latidos de su corazón.

–Lo digo porque es la verdad. Me asustaba reconocer lo mucho que te quiero. He sido un estúpido, Allegra. Un cabezota y un estúpido. ¿Podrás perdonarme por lo que te he hecho sufrir estos últimos días? Si has sentido una cuarta parte de la agonía que he sentido yo te diré que me merezco adoración eterna.

Allegra le acarició el rostro, no podía creer lo que estaba ocurriendo.

Draco la amaba. Draco la amaba.

—Yo también te quiero. Creo que te quiero desde que cumplí los dieciséis años. Te quiero con locura, Draco.

Él sonrió y la estrechó contra sí.

—Perdóname por lo de la otra noche —Draco la apartó de sí ligeramente para mirarla a los ojos—. Tengo mucho que aprender sobre las relaciones, pero espero que me ayudes y me enseñes. Es decir, si tienes la paciencia necesaria para ello.

Allegra lo besó.

—Y tú quizá puedas enseñarme a tener más seguridad en mí misma. He estado torturándome a mí misma, imaginándote con otra.

—No hay ninguna otra para mí, *agape mou* —declaró él—. Cuando me casé contigo, me convencí a mí mismo de que lo había hecho para protegerte; pero, en el fondo, quería protegerte porque te amaba. Eres mi vida. ¿Te parece que empecemos otra vez? ¿Quieres que sigamos casados y pasemos juntos el resto de nuestras vidas?

Allegra le abrazó con fuerza.

—Es lo que más quiero en el mundo.

—Ojalá lo hubiera admitido antes, nos habríamos librado de estos días infernales —comentó Draco.

—Eso ya ha quedado atrás —respondió ella.

La expresión de Draco ensombreció.

–Ha sido horrible; sobre todo, después de que me devolvieras los regalos. Me he sentido solo, vacío, perdido... Por fin, cuando me he dado cuenta de que era el miedo lo que me impedía reconocer lo que sentía por ti... No quería perderte, Allegra. Mi vida no tiene sentido sin ti.

Allegra le acarició los labios y vio unas lágrimas asomar a los ojos de Draco.

–Hoy he visto a una familia –continuó Draco–, un matrimonio joven con una niña, la mujer estaba embarazada. Al verles, me he dado cuenta de que es eso lo que me falta. No quiero acabar la vida rodeado solo de riqueza y propiedades, quiero que me rodee mi familia. Mi familia.

Allegra le puso ambas manos en el rostro.

–Yo también quiero tener hijos, a pesar de que no quería reconocerlo –confesó Allegra–. He sacrificado mi instinto maternal por el trabajo. Pero yo tampoco quiero acabar mis días rodeada de documentos y papeles. Te quiero a ti. Quiero que tengamos una familia. Y quiero vivir en Grecia. Grecia es mi hogar. Allí abriré un bufete y ayudaré a mujeres como Iona y Elena. Puede que a Iona le guste dejar de ser ama de llaves para convertirse en niñera. Cuando la vea se lo preguntaré. Además, creo que más que una niñera sería una abuela.

Los ojos de Draco sonrieron.

–Ese ha sido mi error en el pasado, creer que solo podía tener una cosa u otra, no ambas. Pero podemos tener lo que queremos, trabajo y familia. Por supuesto, tendré que hacer concesiones, pero tú me vas a enseñar, ¿verdad?

Allegra le dedicó una coqueta mirada.
—¿Cuándo quieres empezar las clases?
Draco acercó la boca a la de ella, casi rozándola.
—Después de esto...
Y la besó con pasión.

Bianca

**Él solo había planeado protegerla,
pero su corazón tenía sus propios planes**

EN LA CAMA
DEL ITALIANO…

HEIDI RICE

La vulnerable Megan Whittaker recibió órdenes muy concretas por parte de su padre. Tenía que averiguar si el magnate Dario de Rossi planeaba absorber la empresa familiar. Tuvo que acceder muy a su pesar, pero lo que no esperaba era que la química entre ambos fuera tan fuerte que la empujara a terminar en la cama del italiano.

Dario planeaba efectivamente la absorción, pero, cuando Megan recibió un violento castigo por haber pasado la noche con el enemigo, se sintió obligado a protegerla. Se marcharon a Italia, donde el indomable empresario descubrió un problema mucho más grave. Megan no solo sufría amnesia, lo que significaba que creía que los dos estaban prometidos y profundamente enamorados, sino que también se había quedado embarazada…

Acepte 2 de nuestras mejores novelas de amor GRATIS

¡Y reciba un regalo sorpresa!

Oferta especial de tiempo limitado

Rellene el cupón y envíelo a

Harlequin Reader Service®
3010 Walden Ave.
P.O. Box 1867
Buffalo, N.Y. 14240-1867

¡Si! Por favor, envíenme 2 novelas de amor de Harlequin (1 Bianca® y 1 Deseo®) gratis, más el regalo sorpresa. Luego remítanme 4 novelas nuevas todos los meses, las cuales recibiré mucho antes de que aparezcan en librerías, y factúrenme al bajo precio de $3,24 cada una, más $0,25 por envío e impuesto de ventas, si corresponde*. Este es el precio total, y es un ahorro de casi el 20% sobre el precio de portada. !Una oferta excelente! Entiendo que el hecho de aceptar estos libros y el regalo no me obliga en forma alguna a la compra de libros adicionales. Y también que puedo devolver cualquier envío o cancelar en cualquier momento. Aún si decido no comprar ningún otro libro de Harlequin, los 2 libros gratis y el regalo sorpresa son míos para siempre.

416 LBN DU7N

Nombre y apellido	(Por favor, letra de molde)
Dirección	Apartamento No.
Ciudad	Estado	Zona postal

Esta oferta se limita a un pedido por hogar y no está disponible para los subscriptores actuales de Deseo® y Bianca®.
*Los términos y precios quedan sujetos a cambios sin aviso previo.
Impuestos de ventas aplican en N.Y.

SPN-03   ©2003 Harlequin Enterprises Limited

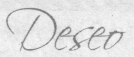

En poco tiempo deseó lo que nunca
había querido: una familia

PADRE A LA FUERZA

MAUREEN CHILD

Reed Hudson, abogado matrimonialista, sabía que los finales
felices no existían, pero la belleza pelirroja que entró en su despacho con una niña en brazos le puso a prueba.
Lilah Strong tuvo que entregarle a la hija de su amiga fallecida
a un hombre que se ganaba la vida rompiendo familias. Reed le
pidió que se quedase para cuidar temporalmente de su sobrina.
La elegante habitación del hotel en la que Reed vivía estaba a
años luz de la cabaña que Lilah tenía en las montañas.
¿Cómo terminaría la irresistible atracción que había entre ellos,
en desastre o en una relación?

**A juzgar por la atracción que había surgido
entre ellos, el matrimonio iba a ser explosivo...**

UN ANILLO PARA
UNA PRINCESA

KIM LAWRENCE

Sabrina Summerville estaba conforme con su boda con el príncipe Luis, su unión reunificaría el reino de Vela. Entonces, ¿por
qué se sentía tan atraída por el príncipe Sebastian, el hermano
de Luis?

El príncipe Sebastian siempre había llevado un estilo de vida
decadente, aprovechándose al máximo de ser el escandaloso
hijo menor. No obstante, al abdicar su hermano y dejar a la bella
Sabrina plantada en el altar, no le quedó más remedio que dar
un paso adelante. No solo se convirtió en heredero, sino que
también tenía que casarse con Sabrina.